Pamela Bonacci

Due fratelli un solo amore

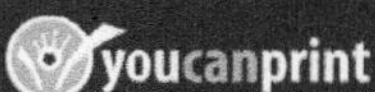

Pamela Bonacci

DUE FRATELLI UN SOLO AMORE

Youcanprint *Self-Publishing*

Eugenio era un uomo di quarantatré anni, viveva a Crotone con la moglie Enza e la figlia Lorella diciottenne. La moglie era malata di leucemia già da anni, Eugenio aveva provato di tutto per farla guarire da quel brutto male; le spese erano diventate insostenibili, aveva viaggiato anche all'estero per avere il parere di altri medici. Lui lavorava come contabile in una grandissima azienda; ma anche se il suo stipendio era alto, non riusciva comunque a coprire tutte le uscite. Aveva contratto anche un prestito abbastanza consistente e lo aveva prosciugato tutto, insieme ai suoi risparmi.

Un giorno, durante una visita privata, un dottore gli diede una speranza; sua moglie avrebbe potuto sottoporsi a un trapianto di midollo, ma la famiglia si sarebbe dovuta accollare tutte le spese mediche e raggiungere la Germania. Servivano intorno ai dodicimila euro e lui non sapeva cosa fare; si affidò a un'agenzia di prestiti, ma dopo le verifiche dei documenti, suddetto prestito gli fu rifiutato; era disperato, non sapeva più a chi rivolgersi.

Un venerdì al lavoro come sempre, stava facendo i depositi di fine settimana; nell'arco di quei cinque giorni, l'azienda *"Petrilli & Figli"* aveva guadagnato duecentoventicinquemila euro. In quella cifra, oltre a esserci i guadagni puliti dell'azienda, c'erano anche le spese che essa comportava e gli stipendi degli operai; ma visto che era la prima settimana mensile, dovevano esserne accumulati degli altri per arrivare a fine mese. Si fece passare strane idee per la testa, dopo venti anni di lavoro onesto pensò che dodicimila euro, non avrebbero guastato il bilancio finanziario dell'azienda. Nessuno se ne sarebbe accorto e lui, li avrebbe restituiti appena possibile.

Il sabato mattina, chiamò il dottore De Martino e gli enunciò che avrebbero potuto proseguire. Prese una settimana di ferie dal lavoro e andò in Germania insieme alla moglie. Il trapianto andò a buon fine, finalmente Enza stava reagendo e i miglioramenti erano evidenti. Ora che le cose stavano andando per il meglio, sarebbe passato dal suo datore di lavoro, spiegandogli tutto, ma non era così semplice. Tornò in Italia da solo, perché la moglie per stabilirsi perfettamente, aveva bisogno di altri giorni di ricovero.

A Crotone lo attendeva la figlia che a causa della scuola aveva dovuto rinunciare a seguirli; Eugenio arrivò a casa la domenica pomeriggio, perché il lunedì doveva riprendere a lavorare. Entrò e Lorella gli andò incontro col viso preoccupato <<papà, ma cosa hai combinato?>>

<<Che c'è tesoro, in che senso>> Eugenio era stanco e non capiva cosa intendesse la figlia.

<<È venuto il signor Petrilli, il tuo datore di lavoro; era infuriato e ha chiesto di te>>.

<<Non è niente tesoro, si risolverà tutto>> lui sbiancò. Ora cosa poteva fare, credeva di essere passato inosservato. Non era mai stato controllato, o almeno solo una volta ogni tre mesi per il bilancio economico.

<<Ma tutto, cosa? Gli ho riferito che saresti arrivato oggi e lui se n'è andato>>

<<Va bene, lo chiamerò più tardi, non preoccuparti>> udirono il campanello <<vai nella tua stanza Lory, penso io ad aprire>>

Lei ubbidì, ma si mise a origliare con la porta semichiusa.

<<Petrilli, entri pure>>

<<Mi sta prendendo per il culo Eugenio, sono scomparsi dodicimila euro dalla cassaforte dell'azienda, solo noi due mettiamo mani lì, lei non ne sa nulla?>> nel frattempo entrò e si accomodò in cucina con Eugenio. Il suo datore di lavoro era fuori di sé. Lorella voleva capire cosa stesse succedendo.

<<Sono stato io, ma li restituirò, lo giuro>> non riusciva a credere alle parole di suo padre, *perché?* si chiedeva.

<<Io le ho dato piena fiducia, lavora per noi da quando io avevo solo nove anni e l'azienda era ancora in mano a mio padre>> nel frattempo, il signor Petrilli aveva abbassato il tono.

<<Lo so, lo so; sono serviti per mia moglie>> provò a dare una spiegazione al suo gesto.

Ecco pensò Lorella *ecco come ha pagato l'operazione.*

<<Non m'interessa il motivo, lei è licenziato e rivoglio tutta la somma entro due settimane>>

<<Ma come faccio, se mi licenzia non potrò pagarla>>

<<Vuol dire che attenderò la liquidazione e mi pagherà con quella>>

All'improvviso, uscì Lorella dalla sua camera, non poteva restare a guardare la rovina del padre, senza muover dito, doveva almeno provarci. Lui l'aveva fatto solo per la madre <<la prego, non lo mandi via>>

Leonardo guardò la ragazza dalla testa ai piedi. Indossava una camiciola a fiori fin sopra le ginocchia. Aveva i capelli raccolti da una matita e un paio di occhiali che aveva notato anche la volta scorsa, i quali nascondevano dei bellissimi occhi nocciola <<Per caso, me li darà lei i dodicimila euro? Come ho già detto, con il licenziamento mi pagherà al momento della liquidazione>>

<<Lavorerò io per lei, non prenderò stipendio fino a quando non avrò saldato il debito di mio padre>> non sapeva nemmeno da dove l'era uscita quella idea bizzarra, ma doveva pur far qualcosa per aiutare il padre.

Eugenio si intromise <<no Lory, non puoi pagare tu per i miei errori>>

<<Papà, tu l'hai fatto per mamma>> poi si rivolse all'altro, più sicura che mai <<allora, cosa mi risponde?>> e alzò il capo, come se lo stesse sfidando.

L'altro ci pensò un paio di minuti, i quali passarono in silenzio <<ci sto>> disse poi <<ma dovrà trasferirsi; lavorerà a Cosenza, perché voglio tenerla sotto controllo>>

<<Ma sono più di cento chilometri e io non ho la patente, come farò?>> all'improvviso le parve che si fosse aperta una voragine sotto i piedi e la stesse trascinando con sé.

<<Infatti le ho detto che si trasferirà, vitto e alloggio li pago io, naturalmente>>

<<Ma...ma io quest'anno ho gli esami, devo diplomarmi!>> balbettò. Non era mai stata lontano dai suoi genitori, eccetto durante una gita scolastica di tre giorni.

<<Mi stia a sentire bambola, si è proposta lei. La scadenza è tra due settimane; o mi portate i soldi, o viene a lavorare per me, ma a Cosenza>> le porse un bigliettino <<questo è il mio numero, mi chiamerà prima dello scadere di questi quindici giorni>> lui si girò per andarsene, ma Lorella lo bloccò.

<<E se io decidessi di venire a lavorare per lei, cosa ne sarà di mio padre?>>

<<Continuerà a lavorare e nessuno saprà cosa è successo, intanto le concedo quindici giorni di ferie per riflettere>> poi continuò spudoratamente malizioso <<tutto questo, solo se lei accetterà di lavorare alle mie condizioni>>.

Se ne andò, Eugenio stava impazzendo; per colpa sua, la figlia doveva pagarne le conseguenze <<Non puoi Lory, troverò il modo di adempiere al debito e cercherò un altro lavoro>>.

Lorella sapeva essere convincente quando voleva, ma soprattutto, sapeva come prendere suo padre <<No papà, io andrò a lavorare; chissà, magari mi troverò bene e continuerò>>.

<<Ma ci tenevi tanto a diplomarti>> Eugenio era disperato.

<<Potrò sempre riprendere, non è un problema>>

La settimana dopo, la madre fu dimessa dalla clinica, stava benissimo. Quando lei tornò a casa, Lorella prese il padre in disparte <<papà, non dire nulla alla mamma, me la vedrò io>>

<<Ma...>>

<<Papà, non una sola parola>>

Il giorno seguente, stavano pranzando, era il momento giusto <<Mamma, devo parlarti>> si fece coraggio.

<<Dimmi Lory>> la madre era ancora debole, ma sembrava che tutto stesse andando per il meglio. Ora doveva solo tornare per una volta al mese in clinica ad effettuare gli opportuni controlli.

<<Mamma, voglio lasciare la scuola>>

Enza si alzò scattante dalla sedia, appoggiando le mani sul tavolo <<Tu sei pazza! Sei sempre andata bene a scuola, non uscivi nemmeno la sera con le amiche per studiare e ora... ora mi dici che vuoi mollare tutto; sei prossima agli esami Lory!>>

<<È da tempo che voglio lasciarla, non te l'ho mai potuto dire perché avevi già i tuoi problemi e la malattia da combattere. Ho diciotto anni e posso permettermi di decidere da sola ciò che sia meglio per me>>

<<Se decidi di abbandonare la scuola, allora dovrai prendere un'altra strada>>

<<Lo so, quella di andare a lavorare. Infatti inizio la settimana prossima>>

<<Non te lo permetterò mai>>

<<Mamma, io ho già deciso>>

<<Vuol dire che uscirai fuori da questa casa>> voleva dissuaderla da quell'assurda idea con questa minaccia, poi Eugenio intervenne.

<<Non fare così Enza, sei ancora fragile>>

Lorella si alzò e la madre la supplicò in lacrime <<Lo sai quanti sacrifici ha fatto tuo padre per te Lorella, per noi. Lo sai vero? E tu non hai capito niente>>

<<Lo so mamma, è per questo che ho preso la decisione di lasciare questa casa>>

Se ne andò nella sua camera a preparare le valigie, Eugenio dopo aver fatto calmare sua moglie, la seguì <<Perché devi prenderti tu le colpe, io le dico la verità!>>

<<Perché voi vi amate troppo, ma nonostante ciò, la mamma non accetterebbe mai quello che hai fatto. Si prenderebbe lei le colpe di tutto e per quanto mi riguarda, ha già sofferto abbastanza. Le passerà un giorno, io tornerò e finirò la scuola>> il dolore che Lorella provava dentro di sé era immenso, ma l'amore per i suoi

genitori era talmente grande che avrebbe sopportato e represso qualsiasi sofferenza.

<<Gioia, io...>>

<<Papà basta, ho deciso ormai, ed è inutile dare altri dispiaceri alla mamma. Ti raccomando solo una cosa, prenditi sempre cura di lei>> Eugenio l'abbracciò forte e uscì dalla camera.

Lei telefonò al signor Petrilli <<Pronto?>> rispose lui.

<<Salve, signor Petrilli?>>

<<Sì, sono io. Mi dica>>

<<Sono la figlia di Franchi Eugenio>>

<<Ah, allora? Cosa avete deciso>>

<<Quando posso iniziare a lavorare?>>

<<Anche domani, prima inizia e prima salda il debito di suo padre>>

<<Ok, può darmi l'indirizzo esatto per gentilezza, tra poco parto>>

<<Certo>> ci pensò un attimo <<perché non viene con me, mi trovo qui perché in visita da mio padre e ora sto ripartendo>>

<<Dovrebbe darmi il tempo di preparare le valigie, se per lei va bene, ci incontriamo in piazza Pitagora>>

<<Va benissimo, tra un'oretta?>>

<<Sì>> terminò la telefonata e finì di preparare i bagagli. Uscì dalla camera, il padre la guardò come se stesse per dirle qualcosa <<shh>> lo ammutolì Lorella. La madre era in cucina e quando la vide, si girò di spalle.

Lorella non riuscì a trattenere le lacrime e quando arrivò in piazza aveva gli occhi gonfi e rossi; intanto il suo nuovo datore di lavoro, la stava già aspettando. Lui si precipitò ad andarle incontro <<Signorina lasci, faccio io>> e prese le sue valigie <<perché non mi ha detto che sarebbe arrivata a piedi, sarei venuto a prenderla a casa>> guardandola in volto, incontrò i suoi occhi nocciola e si rese conto che aveva appena pianto. Ma lei distolse lo sguardo velocemente.

<<La ringrazio, non si preoccupi>> lui le aprì lo sportello e la fece accomodare dietro, accanto a sé, poi indicò all'autista di partire.

<<Vai Domenico, portaci a casa>>

Lorella era stanchissima, le facevano male le braccia per la pesantezza dei bagagli e iniziava ad accusare il mal di testa <<Allora, come mai ha deciso prima della scadenza signorina?>>

<<Signor Petrilli, ho anticipato la data solo per il bene di mio padre>> la voce le tremava.

<<Mi chiami pure Leonardo e lei, come si chiama?>> disse, sfiorandole il volto con un dito.

Lei si allontanò dalla sua carezza, come se avesse appena preso una scossa elettrica <<Lorella, signore>>

Ritrasse la mano, ma il suo era stato un gesto involontario, dettato dal vederla così abbattuta. Era come se avesse voluto dirle *è tutto apposto, ci sono io* <<posso darle del tu, siamo giovani entrambl>>

<<Può fare ciò che vuole, dopo aver saldato il tutto non ci rivedremo più. E mettiamo bene in chiaro le cose, io continuerò a darle del lei, e chiamarla signore, come ho fatto fino a ora>>

<<Come mai hai tutta questa avversità nei miei confronti, sei stata tu a proporti di lavorare per me, non ti ho costretta io>>

<<Lo so, ma il nostro rapporto sarà solo tra capo e dipendente, quindi le porterò il dovuto rispetto>> il suo tono era molto aspro. Certo che trovarsi in una situazione simile, da un giorno all'altro, non era facile.

<<Va bene, come inizio non c'è male>> disse quasi bisbigliando. Lei lo sentì, ma non aprì bocca.

In poco meno di due ore, arrivarono alla villa di Leonardo; lui scese e le aprì lo sportello, mentre l'autista portava le valigie di sopra <<Mi scusi signor Petrilli, ma desidererei andare direttamente nel mio alloggio>>

<<È questo il tuo alloggio>> indicò con le mani la villa.

<<Ma ci abitano anche gli altri dipendenti qui?>> volle domandargli.

<<No. Siamo solo io e te, ho una casa grande, è inutile sprecare denaro per un altro alloggio>>

<<Come farò per andare a lavoro?>>

<<Tu il lavoro lo sbrigherai da casa, ti ho già fatto preparare uno studio apposta con tutte le relative attrezzature: computer, scanner, fax, hai tutto quello che ti occorre qui>>

<<Ah! Mi aspettavo di lavorare in azienda non certo in casa, comunque...>>

<<Se non ti sta bene puoi anche ritrattare, sei ancora in tempo>>

<<No, va bene così>>

<<Allora sbrigati a sistemarti>>

Arrogante e presuntuoso gli avrebbe detto volentieri lei, ma anche maledettamente affascinante. Non aveva mai visto un uomo così garbatamente alto; il suo stile, la sua camminata erano inconfondibili, l'avrebbe riconosciuto tra mille. *Ma che cavolo stai pensando* si ammonì. Si chiuse nella sua stanza a chiave, mettendosi a leggere un libro, con le cuffie nelle orecchie, ascoltando buona musica italiana. Alzandosi per andare In bagno, dopo circa un'oretta di lettura s'imbatté in Leonardo; si spaventò, sbilanciando il proprio corpo, cadendo quasi all'indietro, ma lui la trattenne <<Ma è matto, come ha fatto a entrare se ho chiuso a chiave?>> terrorizzata gli urlò contro.

Lui indicò l'altra porta, era un passaggio comunicante tra la propria camera e quella di Lorella <<Quella era aperta. Ti ho chiamato per

mezz'ora, mi hai fatto sgolare e allora sono entrato>>

<<E da quando tempo, mi stava osservando?>> Lorella arrossì, non permetteva a nessuno di starla a guardare mentre leggeva.

<<Il tempo di notare che leggi molto velocemente, ma soprattutto che hai il vizio di mangiarti le unghie>> infatti soffriva di onicofagia dall'età di sei anni, ma solo quando era nervosa, o presa emotivamente.

<<Ma avrò un po' di privacy almeno?>>

<<Certo, se non indossi le cuffie. Cosa stai ascoltando?>> le prese una cuffietta e se la portò al proprio orecchio <<Celentano, stupendo. Almeno per ciò che concerne i gusti musicali, andiamo d'accordo>>

<<Mi scusi>> gli strappò gli auricolari dalle mani <<se per caso, io fossi stata svestita?>>

Lui emise un'accesa risata <<Non credo proprio con tre gradi, siamo a dicembre>>

Si divertiva a stuzzicarla e Lorella si irritava sempre di più <<Comunque sia, nessuno le dà il diritto di entrare nella mia camera>>

<<Va bene, va bene>> fece per arrendersi <<non si ripeterà più>>

Lei gli indicò la porta <<Ora vuole andare, per favore>>

<<Ero venuto per avvertirti che la cena è pronta>>

<<Scendo subito>> cenarono in gran silenzio, poi lei si richiuse di nuovo nella propria camera.

Il giorno seguente Lorella iniziò a lavorare; non si stancava molto, non doveva nemmeno uscire di casa e aveva tutti gli agi. In più, stando da sola tutto il giorno, poteva muoversi come voleva. Passò una settimana e lei acquisì esperienza nel suo incarico, non si facevano più le sette di sera, per le tre al massimo, riusciva a trascrivere tutte le documentazioni. Quindi nonostante la situazione poté continuare a studiare, prendendo appunti dalle amiche, tramite il social network.

Era domenica, lei non doveva lavorare e pensò di farsi una passeggiata al centro; quando Leonardo la vide tutta in ghingheri, le si avvicinò <<Dove vai?>>

<<Esco, vado a fare colazione al bar>>

<<Come mai, quella che ti offriamo qui non ti piace? Eppure non ti faccio mancare nulla>> non voleva mandarla da sola, soprattutto perché aveva delle responsabilità nei suoi confronti.

<<Ehi, nessuno sta dicendo il contrario. Vado in centro anche per cambiare aria, approfittandone per fare due passi e delle compere>> in realtà aveva sperato che ci fosse qualche negozietto aperto, gli servivano alcune cose.

<<Vengo anch'io allora>>

<<Guardi che non scappo, so mantenere gli impegni presi; torno per pranzo e se permette, vado da sola. Devo lavorare per lei signor Petrilli, ma non è detto che sia una sua proprietà privata>>

<<Cosa ti manca, cos'è che dovresti comprare?>> insistette lui.

<<Cose personali>> Lorella era già molto riservata di suo, figuriamoci con un uomo che conosceva solo per nome anche se da molti anni, ma come datore di lavoro di suo padre. E da appena una settimana di persona.

<<Voglio sapere>>

<<Certo che lei è proprio testardo; ok, mi accompagni>> cedette alla fine.

Si fermarono al bar e consumarono la colazione, poi lei si fece accompagnare in un piccolo negozietto, che vendeva di tutto. Prese le sigarette, ricaricò il suo cellulare e comprò degli assorbenti <<Pago tutto io, signora Giuseppina>> sentì la voce di Leonardo alle sue spalle, irritandosi.

<<No, signora mi scusi, ma prenda i soldi da me; il signore non deve>>

Ma Leonardo incenerì la cassiera con lo sguardo.

<<Signorina non posso, poi magari penserà lei stessa a restituirli al signor Petrilli>>

Lorella prese la busta con le sue cose, uscendo fuori come una pazza. Lo aspettò in auto e quando Leonardo arrivò, Lorella iniziò a sbottargli contro <<Questo è troppo, non si permetta mai più!>>

<<Tutto ciò che ti occorre, è compito mio>>

Lorella rimase in silenzio fino alla villa; una volta arrivati scese dalla macchina sbattendo lo sportello con rabbia e se ne andò nella sua camera. Mise la musica alta nelle orecchie e si accese una sigaretta, aprì la finestra, sedendosi sul largo davanzale. Stava canticchiando una canzone di Gianni Morandi, quando si sentì prendere per un braccio; Leonardo la tirò all'interno.

Con stizza tolse le cuffie e le sbatté a terra <<Ma allora lei è proprio uno stronzo>>

Leonardo le mollò uno schiaffo <<Non ti azzardare mai più a rivolgerti a me così, hai bisogno di un po' di educazione cara mia. Hai intenzione di finire si sotto, vuoi ucciderti? Non ti mettere mai più sul davanzale, che è alto>>

<<Qualcos'altro?>> si portò le mani ai fianchi, come se lo stesse sfidando.

<<Sì. Tutto quello che ti serve te lo compro io, siamo intesi?>>

Lorella divenne rossa per la rabbia <<Le sigarette e le ricariche, sono uno sfizio. E di certo non posso correre da lei per gli assorbenti, ogni qualvolta che mi verrà il ciclo. Nelle ore di lavoro sono una sua dipendente; ma oltre quell'orario, non le devo dare conto>> poi iniziò a piangere, Leonardo si avvicinò <<non mi tocchi, esca dalla mia stanza e non mi aspetti per pranzo>>

<<Non fare così, non volevo...>> allungò una mano per carezzarle il viso, quel viso delicato che lo aveva incantato sin dall'inizio. Lei però si ritirò, sbattendo contro il baldacchino del letto.

<<Fuori!!!>> urlò e poi squillò il telefonino, lo prese e asciugandosi il viso con le mani, attese un po' prima di rispondere. Lui fece ciò che Lorella gli aveva ordinato, ma restò fuori dalla porta a origliare la conversazione <<Sì. Ciao papà, che piacere. Tutto bene, non preoccuparti>> poi tacque evidentemente per ascoltare ciò che le diceva il padre <<mi tratta da Dio, papà. Sì, è una persona stupenda, mi trovo benissimo qui. No... no papà, non verrò a Natale. Sì, certo, ti chiamo io per gli auguri. Dai un bacione alla mamma, vi voglio bene. Abbi cura di lei, ciao>> terminò la telefonata e si sdraiò sul letto, piangendo silenziosamente. Leonardo aprì un po' la porta e la vide, avrebbe voluto entrare, ma se ne scese in cucina. Dopo mezz'ora, Lorella si cambiò e uscì tacitamente.

Prese un autobus e arrivò sul lungomare di Diamante; mancavano tre giorni a Natale, ma quella domenica era colma di sole e lei voleva godersela tutta. Passeggiò in spiaggia e si sedette incrociando i piedi davanti a sé. Leonardo l'aveva seguita e le si avvicinò <<Non potevi chiederlo a me?>> lei si girò di scatto.

<<Oh no, ma lei è un incubo; me lo trovo ovunque, ma non ha una sua vita privata? Tra poco me lo ritroverò anche a letto>> la sua, si rivelò essere, una battuta ingenua.

Leonardo però la prese con ironia, cercando di alleggerire la tensione che si era ormai creata tra loro <<non sarebbe male l'idea>>

<<La smetta, per favore. Cosa ci fa qui?>>

<<Mi sono trovato per caso a girovagare da queste parti e ti ho vista, pranziamo insieme?>>

<<No grazie, io rientro>> restia e ostinata come sempre.

<<Lasciati accompagnare, rincaseremo insieme>>

<<Voglio stare da sola, tornerò a casa, così come sono uscita>>

<<Ok, allora ti aspetto per l'una al massimo. Se non arriverai, ti verrò a prendere e sarò molto infuriato>> non le diede neanche il tempo di rispondere e se ne andò.

Peggio per te, sapessi quanto me ne importa pensò lei. Non si curò minimamente delle minacce di Leonardo, si sedette quindi in un tavolino di un grazioso ristorante in riva al mare e pranzò. Al momento di pagare il pasto consumato, si rese conto che le rimanevano ben pochi soldi per tirare avanti. Erano le due del pomeriggio, e passando davanti a un pub, vide un annuncio di lavoro: cercavano una ballerina. Lorella aveva praticato danza per sette anni quindi si disse *e perché no*! Entrò a chiedere. Trovò un uomo dietro al bancone <<Mi scusi, ho letto l'annuncio, volevo saperne di più>> domandò.

<<Sì, signorina venga, la conduco dal proprietario>> la scortò in una specie di camerino, in cui incontrò un uomo tarchiato, sulla cinquantina, impacciato a fare dei conti dietro a una scrivania, piena zeppa di carte.

<<Dica, signorina>> chiese, senza neanche alzare lo sguardo.

Lorella avrebbe voluto girare sui tacchi e andarsene, ma poi si fece coraggio <<Mi scusi signore ho visto fuori in bacheca che cercavate

una ballerina; volevo informarmi sulla paga e sugli orari>>

Sentendo quella voce delicata, l'uomo alzò immediatamente la testa e vide davanti a sé, una ragazza graziosissima. A quel punto la fece accomodare, sedendosi al suo fianco <<Sono settanta euro, dalle dieci di sera all'una; dovrà ballare all'asta e intrattenere un pubblico maschile, crede di potercela fare?>> prese una breve pausa, ma non le lasciò il tempo di rispondere e proseguì <<dovrebbe dimostrarmi cosa sa fare, come si muove; nessuno la riconoscerà, perché indosserà una maschera>> disse le ultime parole tutte d'un fiato.

<<Ci sono mezzi di trasporto pubblici all'uno di notte?>>

<<No. L'ultimo c'è a mezzanotte e mezzo>>

Intanto lei gli fece vedere qualche passo di lap dance e il proprietario ne fu entusiasta, era bravissima <<Ok tesoro, mi sei piaciuta; ti do la stessa paga fino a mezzanotte, così fai in tempo a prendere il mezzo pubblico>>

<<La ringrazio è gentilissimo, ci vediamo stasera; cosa dovrò indossare?>>

<<Abbiamo tutto qui>> Lorella stava per andarsene, ma il proprietario la richiamò <<A Natale ci saranno due spettacoli serali, lei può scegliere. Il primo dalle sei alle nove e l'altro, dalle undici alle due di notte>>

<<Le farò sapere, grazie ancora>> fece un sorriso che all'uomo andò dritto al cuore. Gli piaceva quella ragazza, gli piaceva nel senso di affettuosità. Certo, poteva essere suo padre e lui rispettava sempre le ragazzine.

Lorella se ne andò e arrivò a casa alle tre passate, la macchina di Leonardo non c'era e il garage era aperto. Salì in camera, si sdraiò sul letto e non appena la sua testa toccò il cuscino, si addormentò. Si svegliò alle sette e dopo una mezz'oretta si immerse nella vasca da bagno.

<<Sei tornata?>> Leonardo era di fronte a lei. Lorella aveva gli occhi chiusi, si stava rilassando, ma quando lo sentì si impaurì.

<<Signor Petrilli, non può spaventarmi ogni volta che ha intenzione di parlarmi; mi dia il tempo di asciugarmi e la raggiungerò di là>> Leonardo si chinò addosso a Lorella e le prese la faccia tra le mani, baciandola. Un bacio così duro, come se

volesse punirla per averlo fatto stare tremendamente in pena.

Lei si divincolò da quel bacio e gli diede un sberla, uscì nuda dalla vasca, coprendosi subito dopo con un telo che aveva appoggiato sul gancio della parete opposta <<vattene via>> urlò <<se ne vada, le ho detto>> e indicò la porta con l'indice.

Leonardo per un po' rimase incantato dalla nudità del suo corpo e dalla sua pelle rosea <<Non ci penso minimamente. Mi hai fatto preoccupare, ho girato tutto Diamante ma nulla, di te nessuna traccia. Se ti succede qualcosa, la responsabilità è mia. Dove sei stata?>> Lorella nel frattempo era corsa in camera.

<<Non la riguarda>>

<<Smettila di darmi del lei, mi innervosisci>> i suoi occhi blu intenso, divennero grigi per la rabbia.

<<Non mi interessa, deve uscire fuori signor Petrilli. Glielo ripeto, io sono solo la sua dipendente, non una sua proprietà>> lui la prese e la scaraventò sul letto, iniziando a baciarla <<la smetta>> gli ribadì staccandosi da quelle labbra, che la stavano possedendo intensamente.

<<Non hai capito allora, voglio che tu mi dia del tu e mi chiami Leonardo>> detto questo prese a scendere con la mano a sfiorarle il seno, spostando il telo bagnato dal suo corpo.

<<Smettila, ti prego>> Lorella tremava come una foglia.

<<Come? Non ho sentito il nome>> intanto continuava a carezzarla, adesso nei fianchi.

<<Smettila Leonardo>> lo implorò, lui le diede un altro bacio, il secondo e sempre punitivo, quindi si staccò da lei, alzandosi.

<<Ti aspetto per la cena, è quasi pronto>>

<<Scendo subito>> e fece un cenno con la testa. Era spaventata, sì spaventata, ma non da lui, perché sapeva che non le avrebbe mai fatto del male. Era impaurita dalla sua reazione, dalle scosse elettriche che facevano vibrare il suo corpo. Cosa stava succedendo? Non poteva accadere che si stesse innamorando del suo datore di lavoro. Ne avrebbe solo pagato delle pene care, ma pene d'amore.

Cenarono e si fecero presto le nove. Lorella doveva andare; non poteva fare tardi, proprio il suo primo giorno di lavoro. Non sapeva come fare a dirlo a Leonardo, quindi iniziò a farfugliare qualcosa <<Scusami Leonardo>> lui la guardò e Lorella abbassò lo sguardo <<io dovrei andare, ho un appuntamento con una ragazza a Diamante, l'ho conosciuta oggi>>

<<Non mi stai nascondendo nulla?>>

<<No… no, cosa dici>> ma era impacciata nel parlare e in più, iniziò a rosicchiare le unghie. Sembrava che quel suo sguardo impenetrabile le stesse scavando nella mente, come a farle un muto sesto grado.

Ma lui non si scompose, e in tono pacato le chiese <<Vuoi che ti accompagni?>>

<<No grazie, ora vado altrimenti faccio tardi>> e mentre finiva la frase, si alzò.

<<Ok>> rispose infine Leonardo, restando seduto e appoggiando i gomiti al tavolo, per massaggiarsi le tempia con i pollici. Cosa che faceva sempre quando pensava.

Lorella andò a cambiarsi e uscì, ma lui, senza farsi notare, la seguì con la sua auto. La giovane prese un autobus, e scese a poca distanza dal locale; dove entrò alle dieci meno cinque minuti <<Buonasera>> disse correndo davanti al proprietario, tutta avvampata in volto, il locale già era pieno.

<<Dai Lorella, corri a cambiarti>>

Nel frattempo, fuori, Leonardo posteggiò la sua vettura *cosa mai sarà venuta a fare qui, è un locale per uomini* e mentre formulava quel pensiero entrò, salutando il proprietario, che conosceva da quando era piccolo <<Ciao Giustino>>

<<Chi si vede, finalmente ti sei deciso a venirmi a trovare. Non te ne pentirai Leonardo, mettiti comodo che stasera ci sarà uno spettacolo sorprendente>>

Leonardo si mise a proprio agio, accomodandosi in fondo al salone del locale; gli servirono da bere e, poco dopo la musica invase la sala, sotto le note "Moulin Rouge" di Christina Aguilera. Sul palco si presentò una ragazza mora, ma con la carnagione chiarissima e un metro e settanta di altezza, era slanciata, seducente e possedeva dei movimenti sensuali. Indossava una super-mini, calze velate con filo nero sul retro, un toppino che le stringeva il seno, mettendolo ancor più in evidenza, e stivali alti fin sopra le ginocchia, con dei tacchi a spillo vertiginosi. Ma la cosa più provocante era quella maschera nera, effetto vedo non vedo, a forma di farfalla.

Leonardo si eccitò solo a vederla muoversi, forse perché non andava con una donna da mesi. La ragazza aveva un particolare sul seno, una macchiolina rossa a forma di cuore, un angioma della pelle. *Non ci posso credere* la riconobbe perché lui, lo stesso giorno, l'aveva vista per un attimo nuda... *è Lorella.* D'istinto avrebbe voluto salire sul palco per portarsela via; ma decise di divertirsi, continuando a restare seduto, per il gusto di vederla danzare. Quella ragazza era davvero affascinante e lo stimolava molto, soprattutto da quando aveva dato un volto a quel corpo stupendo. Leonardo chiamò il proprietario nel bel mezzo dello show

<<Giustino, dai questi alla ballerina. In cambio della sua maschera>> gli porse trecento euro << e questi sono tuoi, per comprarne un'altra>> disse, ponendogli altri cinquanta euro <<e mi raccomando, non deve sapere di me>>

Giustino accettò e appena la musica terminò, si avvicino alla ragazza<<Lorella, sei stata bravissima, tieni>> le passò i settanta euro della serata di lavoro e i trecento di Leonardo.

<<E questi cosa sono, signor Giustino>>

<<Trecento euro Lorella. Te li manda un signore, in cambio della tua mascherina>>

<<Ma non è mia, è sua, spettano a lei>>

<<Te li sei guadagnati e poi, non preoccuparti, di là ce ne sono a bizzeffe>>

Lorella era soddisfatta, tornò a casa e trovò Leonardo ad attenderla in cucina <<Ciao>> lo salutò <<come mai sei ancora sveglio?>>

<<Ti aspettavo, com'è andata?>> stava sorseggiando un cognac, rotolandosi il bicchiere tra le dita affusolate e facendo tintinnare il ghiaccio vicino al cristallo.

<<Bene, ma sono stanca. Abbiamo passeggiato sul lungomare>> era spudoratamente bugiarda, ma a lui piaceva stare al gioco <<ti lascio, vado a dormire>>

<<Ok, buonanotte>>

Lorella notò un sorrisino quasi compiaciuto sul suo volto, ma non capiva a cosa potesse essere dovuto. L'importante era che Leonardo non aveva indugiato oltre. Aveva bisogno di quei soldi, neppure troppo faticati.

La mattina seguente, verso le dieci, arrivò un fattorino che suonò alla villa; lei aprì
<<Buongiorno, cosa posso fare per lei?>>

<<Ho una busta da consegnarle, signorina>> l'appoggiò tra le sue mani, e le chiese di firmare.

<<Si sbaglia sicuramente, nessuno conosce il mio indirizzo>>

<<Lorella Franchi, è lei?>>

<<Sì, sono io>>

<<Bene, allora firmi qui>>

Entrò in casa e aprì la busta, conteneva la mascherina che aveva indossato la sera prima *ma chi sarà? Eppure non sa nessuno dove abito.* Controllò subito l'indirizzo del mittente che con sua sorpresa non era riportato, quindi nascose la maschera nel cassetto della scrivania. Per tutta la mattina si arrovellò nel chiedersi chi potesse essere con il risultato che le scoppiò un bel mal di testa. Chi poteva conoscere il suo indirizzo? Con la mente immersa in quei pensieri si fece mezzogiorno e sentì suonare il campanello. Era Leonardo; lei aveva già finito il lavoro, ma lui le portò un altro scatolone pieno di documenti
<<ciao Lorella, questi sono per te>>

<<Sì, puoi appoggiarli alla scrivania per favore?>> lui la raggiunse <<come mai sei già tornato?>>

<<Ti dispiace?>> vide che insieme allo scatolone, aveva anche un fascio di rose rosse.

<<Ci mancherebbe, è casa tua. Bene, bene, noto con piacere che ti sei trovato una ragazza, così la smetterai di assillarmi; avrai altro a cui pensare>>

<<Se ti riferisci alle rose, sono per te>> gliele porse <<ho incontrato un fattorino qui fuori, perciò le ho ritirate io stesso>>

<<Ah>> era meravigliata, ma non disse nulla. Qualcuno potrebbe averla seguita la sera prima e non era proprio promettente.

Leonardo staccò il bigliettino e lo lesse <<*Alla mia sensuale farfalla...* ulalà, ma sei sicura di essere uscita con una ragazza, ieri sera?>>

<<Ma sì, perché, non mi credi?>> lei avvampò.

<<Queste rose, fanno pensare ad altro. A chi l'hai dato il tuo indirizzo?>>

<<A nessuno in verità>> poi cambiò discorso <<cosa c'è in quello scatolone?>>

<<Del lavoro per te, mi sa che stasera finirai tardi!>>

E adesso cosa poteva fare, con tutto il lavoro che c'era lì dentro, avrebbe senza dubbio dovuto lavorare a oltranza, e aveva un'altra serata al pub. *Beh, o la va, o la spacca* si disse e provò a chiedergli un permesso <<Scusami Leonardo, posso finirle domani mattina; vorrei uscire di nuovo stasera>>

Lui rise sfacciatamente <<Ci stai prendendo gusto? Comunque, puoi farlo tranquillamente, l'azienda è chiusa per ferie. A che ora pensi di rientrare?>>

<<Alla stessa di ieri, penso. Per l'una starò a casa e poi, ci sto prendendo gusto in cosa?>>

<<Niente, niente. Sei libera, te l'ho detto siamo chiusi per ferie>>

La sera, alla stessa ora uscì e Leonardo la seguì, con l'obiettivo di godersi lo spettacolo. Lorella indossava dei pantaloncini, un corpetto e degli stivali lunghi e alti, il tutto in pelle nera. Solo la mascherina era di un altro colore, dorata, ma sempre a forma di farfalla. Questa volta Leonardo si sedette davanti, ma lei lo notò solo quando fece il giro sul bordo della passerella tra i presenti per prendere le mance, e appena lo vide, distolse lo sguardo da lui. Leonardo invece si divertiva in questo gioco, e anche quella sera, con la tattica della precedente, ottenne la nuova maschera che Lorella indossava.

La mattina seguente Leonardo le fece mandare la maschera e le rose tramite un fattorino, ma avendo preventivato tutto, era già rientrato al momento della consegna, tanto che fu lui stesso ad aprire la porta <<Lorella>> urlò per farsi sentire <<Lorella, è per te>> lei lo raggiunse e prese la busta senza aprirla <<Amore mio>> Leonardo cominciò a leggere il biglietto che si trovava sulle rose <<vorrei averti nel mio grande letto per poter fare l'amore con te>>

<<Dammi quel biglietto>> lei diventò paonazza.

<<Da quando ti ho visto l'altra sera al locale...>> Leonardo pareva voler continuare imperterrito, ma lei gli tolse il biglietto dalle mani.

<<Smettila Leonardo>> lo strappò, facendolo in mille pezzetti.

<<E la busta, non la apri?>> si divertiva davvero tanto a stuzzicarla.

<<Non ti deve interessare, io me ne torno a sbrigare le pratiche>> aggiunse Lorella veramente in imbarazzo.

<<Dai! Stavo solo scherzando. Prendiamoci un caffè, ti va?>> si accomodarono in cucina.

<<Ieri sera sono stato in un locale>> lei arrossì e il caffè le stava quasi andando di traverso, poi si riprese con un colpetto di tosse. Lui intanto se la rideva sotto i baffi, per così dire.

<<Ti può fare solo bene, così ti distrai un po'>>

<<C'era una ballerina spettacolare, eccitante>> continuò <<mm, se potessi averla tra le mani, non so cosa le farei>>

<<Leonardo, i particolari non m'interessano>> Lorella iniziò a mangiarsi le unghie.

<<A dire la verità, questo tuo misterioso amico, mi ha dato una buona idea. Peccato che io non abbia l'indirizzo dove mandarle dei regali>>

<<Non è un mio amico, non lo conosco>> rispose Lorella, piuttosto infastidita.

<<Per scriverti queste cose, oso solo immaginare... deve conoscerti per forza!>>

<<Smettila Leo>> Lorella si morse il labbro per averlo chiamato così, ogni giorno che passava, si

sentiva sempre più legata a lui; ma non poteva dimostrarglielo, doveva mantenere un comportamento adeguato, non poteva rischiare di perdere il lavoro <<scusami Leonardo, non volevo. Vado di sopra a cambiarmi e poi finisco queste pratiche>>

<<Stasera cosa fai?>> le chiese lui a bruciapelo.

Quando Lorella che stava già salendo le scale si girò a guardarlo, Leonardo pensò che fosse bellissima, nonostante avesse ancora il pigiama, stile cinese di raso rosso, i capelli ondulati le ricadevano sopra le spalle. Rimase a fissarla per un breve istante in cui tra loro cadde un silenzio imbarazzante. Lorella si sentiva a disagio, poi rispose, giusto per spezzare il silenzio che si era creato <<Non lo so, e tu?>>

<<Vado dai miei, a Crotone>>

<<Bene>> pensò che almeno in quei giorni sarebbe potuta uscire senza problemi, avere anche tutta la casa a sua disposizione, in più, finalmente, senza Leonardo, il suo cuore sarebbe potuto tornare a battere a ritmi normali; un ritmo che non aveva più da quando era arrivata in quella casa <<io, credo che me ne starò a casa>>

<<Non vuoi passare il Natale dai tuoi? Posso accompagnarti io>>

<<No grazie, me ne starò qui, in santa pace>> Lorella non aveva nessuna intenzione di tornare a casa, avendo anche l'impegno del lavoro al club.

Leonardo sapeva che doveva ballare quella sera e passò da Giustino, per portargli i soldi della maschera <<Ciao, io non ci sarò stasera, ma tu fai lo stesso>>

<<Hai preso davvero una bella cotta, Leonardo>> disse ridendo di gusto il suo amico, trattenendosi la pancia.

<<Tu non fare mai e per nessun motivo il mio nome, passo domani mattina>> si salutarono, e Leonardo andò a Crotone, per festeggiare il Natale con i suoi genitori.

Ma Lorella era ormai diventato il suo chiodo fisso, si scoprì geloso di non poter assistere allo spettacolo e di sapere che avrebbe avuto addosso gli occhi di altri uomini, intenti a spogliarla con un solo sguardo. Ma allo stesso tempo era preoccupato, Lorella stava passando la vigilia di Natale in un locale a lavorare, quando avrebbe preferito averla al suo fianco.

Lei ballò magnificamente come sempre, cercava Leonardo tra i clienti del locale, ma si ricordò che era andato a Crotone. Rientrò a casa alla solita ora, e constatò con tristezza, che Leonardo quella sera non era lì ad aspettarla, ormai per lei, era diventata una piacevole abitudine. Le dava fastidio, ma se non c'era, le mancava.

Il giorno dopo, alle undici, arrivò l'ennesimo fattorino, con una busta chiusa e le rose rosse. Dopo aver firmato, il fattorino si girò, ma lei lo chiamò prima che se ne andasse <<Mi scusi signore>>

Lui si voltò <<Sì?>>

<<Non posso sapere chi le manda? Cioè...intendo...vorrei sapere chi è che mi manda queste cose tutti i giorni>>

<<Un ammiratore segreto signorina>> così dicendo, le voltò le spalle, avviò il motorino e se ne andò.

Lorella, pensando di rimanere da sola per l'intera giornata, appoggiò il tutto sul tavolo della cucina. Quando Leonardo rientrò, erano le quattro del pomeriggio, e lei stava facendo una doccia. Lui si diresse sopra, entrando nel bagno

<<Vorrei ammirarti su un velo di petali di rose, con me accanto. Accarezzare la tua pelle morbida e soave...>>

<<Leonardo, sei già rientrato?>> lei trasalì.

<<Sì, volevo passare il pomeriggio con te>> lui sapeva che oggi alle 18.00 sarebbe dovuta tornare al locale, voleva solo metterla alla prova e sentire che cosa le avrebbe risposto. Gli piaceva quando diventava rossa abbassando lo sguardo per la vergogna di dover mentire, o quando si mordicchiava le unghie in preda all'ansia.

<<Passami il telo, per favore>> Leonardo le passò il telo come Lorella aveva chiesto, ma dopo essere uscita dalla doccia, quando vide tra le sue mani la busta ricevuta la mattina stessa, cercò di riappropriarsene. Il suo gesto repentino la fece scivolare dritta tra le braccia di Leonardo. I loro sguardi s'incrociarono e le labbra si sfiorarono, ma lei si ritrasse. Leonardo allora, iniziò a scuotere la busta gialla <<Dammi questa busta, Leonardo>> la stava aprendo <<dammela, ti ho detto>> lui alzò la mano.

<<Cosa ci sarà mai qui dentro di tanto prezioso e segreto!>>

<<Non ti riguarda, dammela>> gliela porse <<e comunque, sei pregato di non entrare più nel bagno, quando ci sto io>>

<<Ti ho già vista nuda, cos'altro dovrei vedere?>> lei si vergognò, arrossendo e chinando la testa.

<<Leonardo, per favore>> il suo fu quasi un sussurro.

<<Perché ti imbarazzi, sei ancora vergine?>>Si pentì subito di quella domanda, ormai oggi, con i tempi che correvano nessuna ragazza arrivava a quell'età ancora vergine, in più Lorella era bellissima, quindi sicuramente sempre piena di ammiratori.

<<No, l'ultima volta l'ho fatto ieri sera>> lo stuzzicò lei, ma era una bugia. Non sapeva però che con quella frase lo avrebbe ferito e fatto arrabbiare così tanto.

Leonardo che si era innamorato di lei, della sua testardaggine e della sua forza combattiva, le si avvicinò come un folle <<Con chi l'hai fatto?>> una reazione che Lorella non si sarebbe aspettata.

<<Che ti interessa con chi, non sono tua Leonardo>> lui la prese in braccio e la portò sul letto <<smettila>> continuò Lorella.

<<Con chi l'hai fatto, ti ho chiesto. Non fartelo ripetere!>>

<<Leo con nessuno, stavo scherzando>> lui le strinse i polsi <<ahi Leo, mi stai facendo male>>.

<<Dove sei stata ieri sera, Lorella>> era infuriato, imbestialito.

<<A casa>> mentì lei.

Lui strinse ancora di più la presa <<Ti ho chiamata a casa e non hai risposto>>

<<Leonardo per favore smettila, mi stai facendo male>> Lorella si stava impaurendo.

<<Allora dimmi dove e con chi sei stata ieri sera, maledizione Lorella parla>>

Era dura, non mollava <<Con nessuno Leo, non avrò sentito il telefono. Mi stai facendo male>> poi iniziò a piangere <<Leonardo lasciami, io non sono tua, come devo fartelo capire!>> disse singhiozzando. Lui mollò la presa e le porse un bacio, dapprima con delicatezza e poi con fervore, ma lei ferita enunciò <<vattene via>>...

<<Tu mi farai impazzire>> poi vide degli abiti preparati sul letto, ci passò la mano sopra <<E con questi, dove hai intenzione di andare?>>

<<Devo uscire>> si asciugò le lacrime.

<<Con chi? Con la tua presunta nuova amica?>> prese i vestiti e li buttò al centro del letto. Tra il pantalone e il cardigan, uscirono tanga e reggiseno di pizzo nero. Lui li prese <<alla tua amica piace vederti sexy?>>

<<Sei un pervertito, non sono lesbica se vuoi saperlo, ora lasciami preparare, che è tardi>> si impose arrabbiata Lorella.

Arrivò giusto in tempo per lo spettacolo, Leonardo era in prima fila. Lei indossava un pantaloncino, un corpetto e stivali lunghi, tutto attillato e di pelle bianca; guanti e mascherina di pizzo nero con filini argentati. Mentre la guardava, a Leonardo venne in mente anche l'intimo che indossava sotto ai vestiti, quello che aveva preparato sopra al letto.

Lorella quel pomeriggio scese dalla passerella e andò vicino a Leonardo; si tolse i guanti, sfilandoli con i denti e glieli strusciò sul petto; lui aveva tre bottoni della camicia aperti, gli fece un leggero succhiotto sul collo.

<<Sei fantastica>> disse ansimando Leonardo, con voce roca per il desiderio. Gli appoggiò un piede su una gamba, facendo attenzione ai tacchi e si chinò su di lui, soffiandogli dietro l'orecchio. Era quasi buio nella sala, e lei pensò, che non l'avrebbe mai conosciuta, ma lui in realtà, sapeva da sempre chi fosse.

Poi tornò sulla pedana e finì il suo spettacolo, poiché erano le nove in punto. Giustino le diede un extra, perché stava attirando molti clienti. Mentre lei finì di cambiarsi, si avvicinò il figlio del proprietario, Riccardo che aveva più o meno l'età di Leonardo e si strofinava il naso con vigore <<Ciao Lorella, sei stata magnifica stasera>> aveva gli occhi semichiusi e la voce arrochita.

<<Grazie Riccardo, è il mio lavoro, vengo pagata per questo>> voleva essere sbrigativa per correre a casa, in modo che Leonardo non s'insospettisse. Magari si sarebbe trattenuto per un drink e lei sarebbe sgattaiolata fuori senza farsi notare, riuscendo ad arrivare a casa prima di lui.

<<Lorella, se ti do un extra, passeresti la notte con me?>> chiese Riccardo sempre più eccitato.

Lorella andò su tutte le furie, non le avevano mai parlato così <<Per chi mi hai preso, Riccardo? Non sono una puttana, paga tua sorella e vedi se ti accontenta>>

Lui si avvicinò e le strinse le mani alla gola, stava quasi per soffocarla; Lorella cercò di liberarsi, ma non ci riuscì, stava diventando cianotica e sentiva il respiro venirle meno, mentre Riccardo, senza che lei potesse fare nulla, la sollevò da terra, sempre tenendola per il collo. Poi fortunatamente giunse Giustino, incuriosito dal fatto che ancora non aveva visto uscire Lorella, e trovatosi di fronte quella scena assurda, si piombò sul figlio, staccandolo dalla giovane
<<Ma sei pazzo, cosa volevi farle!!!>> urlò con quanto fiato aveva in gola.

<< È una puttana, mi ha provocato lei>> cercò di giustificarsi Riccardo.

Lorella cadde a terra sulle proprie ginocchia, stava pian piano riprendendo a respirare regolarmente e Giustino le andò vicino. Vide con rammarico che Lorella tremò quando lui la sfiorò sulla spalla <<Lorella, sono Giustino, non aver paura; dimmi, come ti senti? Perdonalo è un

ingrato; non permetterò mai più che si avvicini a te figliola, te lo prometto>>

<<Non fa niente Giustino>> Lorella tossì ben due volte per riprendere fiato, parlava a malapena <<ora devo andare>> presa dall'urgenza di scappare, si dimenticò di struccarsi.

Quando Lorella arrivò a casa, fu Leonardo ad aprirle la porta <<Come sei bella, eppure il trucco non l'ho notato quando sei uscita>> lei non disse nulla, poi lui vide i segni sul collo. Lei non li aveva coperti, ignara di averli <<cosa sono questi?>> e le allargò lo scollo della camicetta.

<<Cosa Leonardo?>> poi cercò di svignarsela <<lasciami andare, sono stanca>>

Ma lui la fermò, bloccandola per un braccio <<Questi segni al collo>>

Si guardò allo specchio e vide le dita di Riccardo impresse su di lei, lividi di un colore violaceo <<Non lo so, non è nulla. Sono sbadata, avrò sbattuto contro qualcosa>>

<<O qualcuno! Chi te li ha fatti, Lorella>>

<<Nessuno, ti ho detto>> poi corse di sopra, ma lui la inseguì. Lorella chiuse la porta a chiave e Leonardo iniziò a tirarci cazzotti contro.

<<Apri questa maledetta porta>> urlava con rabbia mista a disperazione.

<<Lasciami stare>> Lorella iniziò a piangere. Voleva trattenere le lacrime, ma la paura che aveva avuto poco prima con Riccardo, l'aveva scioccata.

<<Aprila o la butto giù. Lorella, sai che ne sono capace>> iniziò a tirare a calci alla porta e a urlare come uno squilibrato <<aprimi ti ho detto!>>

<<Solo se prometti che non mi farai nulla>>

<<Apri, porca puttana>> Leonardo era fuori di sé.

<<E tu prometti>> avrebbe comunque aperto, perché sapeva benissimo che Leonardo era capace di buttarla giù.

<<Non ti farò nulla, promesso. Ma adesso, apri questa stramaledetta porta>>

Lorella aprì ma si sposto subito indietreggiando timorosamente <<Chi ti ha fatto questi segni?>> l'aggredì subito Leonardo.

<<Non posso dirtelo>> rispose Lorella come in trance.

<<Perché sei così cocciuta, dimmi chi te li ha fatti>> strillò fortissimo e sbatté due cazzotti vicino al muro <<Lorella dimmelo o metto tutta Diamante sotto sopra>> lei non rispose e Leonardo si girò, andandosene infuriato.

Lorella gli corse dietro <<Leo ti prego aspetta>> lui però, stava dirigendosi verso la scrivania nello studio, aprì il cassetto e prese le buste; le buttò a terra, facendole finire sotto i piedi di Lorella *come fa a sapere* pensò, rimanendo di sasso.

Si avvicinò a lei <<È per queste? Ti diverte così tanto ballare, da doverti sacrificare e arrivare a questo punto?>> le carezzò il collo delicatamente.

Lorella però si scostò e con le lacrime agli occhi iniziò a sbottargli contro <<Tu non capisci, tu hai i soldi; con quelli puoi fare tutto, puoi comprare tutto>>

<<Sì. Come ho comprato anche le tue maschere, una a una>> rispose lui, in tono pacato. Aveva uno sguardo impenetrabile.

<<Allora sapevi tutto, lo sapevi sin dal principio>> si lasciò cadere sulla poltrona di fianco a lei, portandosi le mani al viso.

<<Sì. E ora dimmi, perché lo fai? Io non ti faccio mancare niente>> si avvicinò a lei, le era di fronte.

Lorella si alzò, era a due centimetri dal suo corpo e poteva sentirne il calore. Il cuore era come impazzito, ma non poteva permettersi di cedere <<Per poter disporre dei dodicimila euro al più presto possibile. Per avere la possibilità di liquidarti, Leonardo>>

<<E chi ti ha detto che io voglia i tuoi soldi? Io non li voglio>>

Era stupita, non riusciva a capire <<Ma come...>>

<<Sei tu Lorella che ripagherai il debito di tuo padre lavorando due anni per me>>

<<Cosa?>> Lorella era incredula <<non erano questi i patti>>

<<Davvero? E allora dimmi, quali erano?>> Leonardo si portò le mani ai fianchi e con la sua figura maestosa, in quella posizione, sembrava addirittura più alto e possente.

<<Non credo di meritarmi solo cinquecento euro mensili>>

<<Infatti, io non ti ho mai dato un prezzo. Ti ho detto che dovevi lavorare per me, alle mie condizioni e tu, hai accettato>> Leonardo non si faceva mai cogliere impreparato.

Infatti erano proprio quelle le parole, le ricordava perfettamente, ma non immaginava questo <<Tu mi hai ingannata, Leonardo>> disse, quasi senza forze.

Impassibile, non era un uomo che si lasciava smontare facilmente e con molta calma aggiunse <<sta a te adesso, e questa sarà l'ultima volta in cui ne parleremo. Se vuoi andartene sei libera di farlo anche adesso, ma ovviamente, licenzierò tuo padre. Se decidi di restare, dovrai eseguire i suddetti presupposti>>

<<Ma questo è un ricatto>> Lorella era attonita.

<<Prendila come vuoi>> poi si girò per andarsene, ma si fermò un istante <<entro stasera voglio sapere chi è stato a farti quei lividi, non credere che l'abbia dimenticato o che ci voglia passare sopra, intesi?>>

<<Altrimenti?>> lo sfidò.

<<Non ti conviene competere con me>>

<<Vaffanculo>>

<<Lorella, tu istighi alla violenza, lo sai?>>

<<Tanto, un segno in più non farebbe male>> dentro stava rosicando dalla rabbia.

Lui le andò vicino, alzandole il mento con la mano <<smettila>>

<<Fottiti. Devo stare qui due anni, ma non mi lascerò sottomettere da te, Leonardo>> e appoggiandogli le mani al petto, cercò di allontanarlo, ma lui la strinse a sé.

<<Lorella, non ti conviene; hai solo da perdere>>

<<Non puoi minacciarmi su ogni cosa. Te l'ho già detto e te lo ripeto, non sono tua. Ho diritto a una vita privata anch'io>> lui mollò la presa.

<<Tu hai solo il dovere di comportarti come dico io e ora andiamo, la cena sarà già pronta>>

<<Non ho fame, vado a dormire>> fece per girarsi e salire in camera, ma lui la prese in braccio e la portò in cucina, facendola sedere sulla sedia.

<<E non ti muovere>> lei si alzò, fece per andarsene di nuovo, ma Leonardo, l'afferrò per i capelli <<ti ho detto, non ti muovere da qui>>

<<Mi stai facendo male, Leonardo lasciami i capelli>>

Lui tirò ancora più forte, con una mano le palpò il sedere e la baciò <<Impara ad ascoltarmi, quando parlo>> non si era mai comportato così con nessuna donna, ma Lorella era diversa. Perspicace e testarda, ma soprattutto aveva ormai capito di amarla e il suo comportamento, lo stava facendo ammattire in tutti i sensi.

<<Sei un lurido bastardo>> disse Lorella, dopo avergli morso le labbra.

Leonardo le tirò ancora una volta e più forte i capelli, e a Lorella si velarono gli occhi di lacrime, frustrazione e angoscia presero il sopravvento <<Ahi, lasciami ti prego>>

<<Fottiti, è così che dovrei risponderti Lorella. Impara a portarmi rispetto>> e la lasciò cadere sulla sedia, mentre lei afflitta iniziò a massaggiarsi la cute, ormai dolorante. Leonardo mise i piatti a tavola, ma Lorella scostò il proprio. Bastò però uno sguardo di ghiaccio di quell'uomo a farla tornare sui suoi passi, così vinta, attirò il piatto nuovamente a sé, cercando di trovare la forza per mangiare.

Dopo aver finito di spostare a destra e sinistra le foglioline di insalata e aver masticato appena tre pezzetti di carne, si alzò, posò il tovagliolo sul tavolo e si scusò <<Mi scusi signor Petrilli, ma io gradirei andare a dormire, sempre se lei me lo permetta>>

<<Cos'è questa storia adesso?>> sbuffò Leonardo, spazientito e alzandosi si avvicinò a lei.

Lorella si portò le mani al viso, un gesto di difesa e chiusura <<Sei stato tu a dirmi di portarti rispetto; io penso che trattarti come un datore di lavoro, sia meglio. Ritengo, stante la situazione, che il nostro rapporto debba continuare come il primo giorno>>

<<Tu non devi pensare, devi fare ciò che dico io>> lei gli voltò le spalle <<Lorella, per l'ennesima volta, chi ti ha fatto quei segni, non fartelo chiedere più, dimmelo>>

<<Non ha importanza>> in cuor suo sperava che se ne fosse dimenticato, che sciocca era stata!

<<Ne ha per me, invece>>

<<Io devo lavorarci lì, Leonardo. Non t'immischiare>>

<<Chi è stato? Giustino?>>

Si morse il labbro per aver fatto quell'errore, chiaro che c'era arrivato, non era uno stupido.

Tanto valeva dirglielo ormai, augurandosi il meglio <<No, è stato Riccardo, il figlio>> Leonardo prese il cappotto dalla sedia e Lorella lo trattenne per un braccio <<Leonardo ti prego, io lì ci devo lavorare, cerca di capire!>>

<<Ma allora sei tu che non comprendi, da questo momento tu, lavorerai solo per me. Ricevi la tua paga sul tuo conto, è bastata una semplice ricerca e le conoscenze giuste per avere il tuo codice IBAN. Se ti piace tanto ballare, allora fallo per me>>

<<Mai!>> proferì Lorella indignata.

<<Eppure lo hai già fatto, hai già ballato per me>> con quella smorfia maliziosa, lei fu assalita da un lampo di rossore al viso.

<<Non sapevo che mi conoscessi già, non sotto quelle vesti almeno>> balbettò imbarazzata.

<<Intanto adesso lasciami andare, ho un conto in sospeso con Riccardo>>

Lorella non poteva permettergli di andare, anche se l'idea che la facesse pagare a Riccardo non le dispiaceva affatto, l'aveva umiliata e malmenata. Poi però comprese che non poteva permettere a Leonardo di uscire in quelle condizioni, così animato e arrabbiato <<Non andare, è stata colpa mia. Lo sai anche tu che non riesco a tenere a freno la mia lingua>>

<<Cosa ti ha detto lui? Perché tu, rispondi solo se provocata. Un po' troppo è vero, ma solo e sempre se provocata>>

<<Niente>>

<<Lorella!>> gridò lui, spazientito.

<<Voleva pagarmi, mi ha chiesto di passare la notte con lui. Sei contento ora?>> Lorella arresa decise che le bugie non avrebbero sanato quella situazione, non più ormai.

<<Sì, perché gli spaccherò doppiamente la faccia, per due validi motivi>>

<<No… no, ti prego. Stammi a sentire Leo, non andrò più a lavorare, se è questo che vuoi. Basta che lasci perdere>> lo trattenne ancora di più per un braccio.

<<Veramente cara, sul fatto che non devi più lavorare per altri, non c'erano margini di discussione, la questione per me era già chiusa>> e dopo questa risposta, Lorella non sapeva più come convincerlo.

<<Ballerò per te, solo per te>>

<<In effetti questo sarebbe un buon motivo per non uscire. Ma davvero lo farai Lorella?>> si appoggiò allo stipite della porta già aperta.

<<Sì, ma solo per una volta. Non dovrai chiedermelo mai più>>

<<Ok, ma quando?>> chiese Leonardo con enfasi.

<<Adesso, o quando vorrai tu, una sola volta però>>

<<Bene, bene>> disse mentre chiudeva la porta <<vai a prepararti allora, ti voglio eccitante e provocante, come al "Sexy room">> le disse Leonardo con ironia.

Lorella andò a cambiarsi, indossò una camicetta annodata sotto al seno, a mo' di top e una mini di jeans; calzò delle decolté con tacco a spillo e portò tutte le maschere a Leonardo. Lui sedeva comodamente sul divano e in attesa del suo arrivo, aveva acceso delle candele che rimandavano una luce rossa e soffusa, e le note di una musica bassa e sensuale si propagavano nella sala. Quando la vide arrivare emise un leggero fischio compiaciuto e la squadrò dalla testa ai piedi. Si alzò dal divano e le tolse la matita che teneva tra i capelli, facendoglieli scivolare sulle spalle <<Bene!>> disse soddisfatto <<sciolti mi piacciono di più>>

<<Scegli>> propose lei, divinamente truccata; lui optò per quella indossata la prima volta al locale e Lorella la indossò; intanto Leonardo si riaccomodò sul divano.

<<Sei bellissima>> allungò le gambe sul tavolino basso davanti a lui e si portò una mano dietro la testa. Era divino pensò Lorella, rimase un attimo imbambolata ad ammirarlo, ma poi subito si riscosse.

<<Leonardo, solo un ballo>>

<<Vai, vai>> la incitò e lei iniziò a muoversi, sembrava una Dea. Leonardo stava bevendo un whisky con ghiaccio, era eccitatissimo. Dopo dieci minuti di spettacolo però l'apostrofò <<Sii più convincente, non vorrai farmi uscire, vero?>>

Lorella si avvicinò, iniziò a baciargli il collo, passandogli la lingua dietro l'orecchio. Bottone dopo bottone lo liberò della camicia, baciandogli i pettorali e scendendo sempre più giù. Lui si curvò all'indietro e i suoi muscoli s'irrigidirono. *Cosa diavolo stai facendo* le suggerì una vocina da dentro, ma lei lo voleva, non poteva negarlo;

quell'uomo gli piaceva, *gli opposti si attraggono* disse il cuore al cervello. Gli slacciò la cintura, sbottonandogli anche i pantaloni.

Leonardo rimase immobile, paralizzato dalla voglia che aveva di lei; Lorella si impossessò di lui, dapprima con le mani, poi con la sua bocca calda e morbida. Impiegò solo tre minuti per farlo arrivare all'apice del piacere; non sapeva nemmeno lei come fosse riuscita a farlo, soprattutto perché era la sua prima volta. Sublime il piacere e alto il godimento; lui la prese e la sdraiò sul divano, non era ancora sazio di lei. Lorella scostandosi, tentò di alzarsi <<No Leonardo, doveva essere solo un ballo e sono andata oltre. Spero di averti convinto e di essere stata abbastanza soddisfacente per i tuoi gusti>>

Salì in camera e Leonardo la lasciò andare, senza batter ciglia. Una volta in camera, finalmente sola, sdraiandosi sul letto si chiese più volte *cosa ho fatto, perché sono arrivata a tanto*. Poi, senza trovare risposta alla sua domanda, si recò in bagno e si immerse nella vasca, ma non perché si sentiva sporca. A lei Leonardo le piaceva, peccato che non fosse corrisposta, *sono stata una stupida* si rimproverò. La notte passò insonne e struggente.

Il mattino seguente Lorella si alzò prestissimo e scesa in cucina, mise la moka sul gas. Non avvertì la presenza di Leonardo che raggiungendola l'abbracciò da dietro

<<Leonardo, smettila>> lui la fece voltare verso di sé, ma Lorella non riusciva a guardarlo in faccia, era imbarazzata.

Le alzò il viso <<Dobbiamo parlare>> la mano di lui sulla sua spalla le facevano bruciare la pelle. Non era solo attrazione fisica però.

<<Non c'è nulla da dire. Quello che è successo ieri sera, è stato uno sbaglio; non si ripeterà più>> disse lei con un filo di voce.

<<Tu mi fai impazzire Lorella, io ti voglio>> si sedette sulla sedia della cucina, trascinandosi Lorella sulle gambe.

<<Leonardo finiscila, tra due anni di noi, resterà solo un lontano ricordo>>

<<Anche tu provi qualcosa per me, altrimenti non saresti arrivata a tanto>>

<<Non è vero, ora lasciami andare>> voleva sfuggire da quella verità troppo cara. Andò a cambiarsi e scese dopo soli cinque minuti.

Leonardo era ancora lì, aveva preparato due tazzine di caffè <<dove vai?>>

<<Leonardo, per favore>>

<<Lorella, ho detto che dovrai lavorare solo per me>> appoggiò il vassoio sul tavolo e le andò vicino.

<<Infatti, sto andando al locale, voglio avvertire Giustino che quella di ieri è stata la mia ultima serata di lavoro, in più ho bisogno di fare una passeggiata>>

<<Ti accompagno>>

<<Dai, Leonardo...>> lui la bloccò.

<<Oggi c'è lo sciopero dei mezzi, preferisci andare a piedi?>>

<<Tanto con te è inutile ribattere, va bene, ma aspetterai fuori>>

<<Ok, allora andiamo>> e le sfiorò la guancia con le sue labbra.

Durante il tragitto, lui le allungò una mano sulla gamba, ma lei lo scostò <<Leonardo, il nostro

rapporto non dovrà cambiare per...per una mia bravata>>

<<Non è stata una bravata>> insistette.

Lei si girò quasi in lacrime <<Leo, io non sarò mai la puttana di nessuno>> proferì urlando, poi si calmò e abbassò il tono <<perdonami se ti ho dato un'impressione sbagliata, sono stata debole e ingenua. Non si ripeterà più>>

Intanto giunti a destinazione, Lorella scese dalla macchina e bussò al "Sexy room". Fu lo stesso Riccardo ad aprirle la porta e a chiederle
<<Come mai così presto, hai ripensato alla mia proposta?>>

<<Riccardo, sono solo venuta ad avvisare che non lavorerò più per voi>>

<<Che cosa?>> Riccardo diventato viola per la rabbia, aspirò una striscia di polvere bianca dal bancone che aveva appena finito di sistemare con una carta di credito e si voltò di nuovo. Si passò le dita sotto al naso <<Credi di andartene quando ti pare e piace? Tu continuerai a ballare per il "Sexy room"; da quando sei arrivata, gli incassi serali sono raddoppiati>>

Lorella si scostò, indietreggiando di due passi
<<Non posso, Riccardo>>

Nel frattempo fuori Leonardo, vide arrivare Giustino con la propria auto, scese e gli andò incontro <<Giustino, chi c'è dentro?>> volle accertarsi.

<<Mio figlio, sta aspettando i rifornitori di alcolici, perché?>>

<<Perché Lorella è appena entrata per parlare con te>>

<<Oh porca miseria>> si misero a correre tutti e due, Giustino sapeva che da quando il figlio aveva preso a fare uso di stupefacenti non poteva più fidarsi di lui.

All'interno Riccardo era abbastanza infuriato <<E così, dici che non puoi; guarda per colpa tua, mio padre cosa mi ha fatto>> le mostrò una mano fasciata, che il padre gli aveva rotto per punirlo del suo insano gesto. Poi senza preavviso alcuno le sferrò uno schiaffo in pieno volto e cinico le urlò <<tu continuerai a lavorare per noi>>

Aveva costretto Lorella a inginocchiarsi, portandole un piede dietro al polpaccio, mentre lei presa dal panico sussurrava disperata <<Non posso, ti dico>> Riccardo le tirò un calcio ai lati dell'addome, sollevandola da terra <<ahi>> si lamentò per il dolore, ma non riuscì a enunciare altro.

Infine la prese per i capelli e mentre lei si contorceva per il dolore, Riccardo sprezzante continuò <<Non ti ammazzo, perché sei una miniera d'oro>> e fu in quell'istante che Leonardo entrò nel locale.

Prese Riccardo per le spalle e lo spinse, facendolo cadere; gli assestò un cazzotto dietro l'altro, lo stava massacrando.

<<Fermati Leo>> disse Lorella, con un filo di voce. Giustino, la stava aiutando ad alzarsi <<Leonardo ti prego, basta>>

<<Gli sta dando la lezione che si merita>> fu Giustino a parlare.

<<Leo, fallo per me, fermati>> strillò quando più poteva <<non sporcarti del suo sangue per me, ti supplico>>

Lui si calmò, Riccardo era riverso a terra, irriconoscibile, ma ancora vivo. Leonardo si spostò vicino a Lorella e la prese in braccio, lei tossì <<ahi>>

<<Andiamo in ospedale>>

<<No... non preoccuparti per me, portami a casa>>

<<Shh>> l'ammutolì, baciandola sulla fronte. Lei appoggiò la testa sulla sua spalla, era bello trovarsi tra le sue braccia in quel momento, anche se dolorante.

Sopraggiunsero in ospedale e ne uscirono dopo tre ore, con il risultato di due costole rotte e cinque punti sotto l'occhio; Lorella si era procurata il taglio cadendo rovinosamente su una cassa di bibite, dopo che Riccardo le aveva sferrato l'ennesimo calcio. Leonardo non l'aveva mai lasciata, se non nel momento in cui la trasferirono nella sala dei raggi X, tenendole la mano e portarsela alle labbra almeno una volta ogni due minuti.

Arrivarono a casa verso l'una del pomeriggio, Leonardo la prese in braccio e la portò nella sua camera, adagiandola sul letto <<Cosa ti preparo per pranzo?>>

<<Non preoccuparti, hai già fatto abbastanza per me>>

<<Vuoi mangiare in camera?>>

<<Leo, con te è impossibile. Scendo giù>>

<<Va bene, adesso riposa, ti chiamo quando è pronto>>

Dopo un'oretta, Leonardo salì in camera, Lorella si era addormentata; si avvicinò e si sedette sul letto, era bellissima. L'accarezzò, le porse un bacio sui capelli e lei si girò <<Scusami se non ti ho sentito, credo di essermi addormentata>>

<<Non fa niente, se vuoi riposare mangeremo più tardi>>

<<No, scendiamo>> Lorella si alzò dal letto, ma ogni muscolo e ossa pareva dolerle all'infinito, tanto che si lascio andare a una smorfia di dolore.

<<Vieni, ti aiuto io>> Leonardo l'aiutò a scendere in cucina e lei si sedette. Servì il pranzo e si accomodò anche lui <<perché sei entrata ugualmente, quando hai visto che c'era Riccardo?>>

<<Non lo so, non pensavo che arrivasse a tanto>>

<<Sei un'ingenua, lui è un cocainomane, Lorella>>

<<Ma io che ne potevo sapere>>

<<Perché non ti sei fatta accompagnare? Fai sempre di testa tua, tu>>

<<Ok, se vuoi farmi la predica, muoviti>>

<<Non voglio rimproverarti, ma poteva andarti peggio e io, ci tengo a te>> disse calmando il tono.

<Non preoccuparti, riuscirò a lavorare; non saranno di certo due costole rotte a fermarmi>>

<<Lorella, io tengo a te come persona, non come dipendente>> le prese la mano tra le sue.

<<Smettila Leonardo>> e nel pronunciare queste parole ritrasse la mano <<è per quello che è successo ieri sera, se ragioni così>>

<<No. È da molto prima, come fai a non capirlo. Ieri sera poi, è stata tutta un'altra storia>>

<<Ti prego Leonardo, chiudiamo il discorso, non andiamo oltre>>

Lui sbatté una mano aperta sul tavolo <<Perché non vuoi ascoltarmi>> si alzò <<se voglio che resti qui, è perché desidero te, non il lavoro che svolgi. Io ho voglia di te Lorella, ti desidero>>

<<Ecco perché non può funzionare, sono solo un oggetto di desiderio per te>> si alzò e se ne andò, tornado in camera sua. Se lui le avessi confidato di amarla, sarebbe stata tutta un'altra cosa, ma come poteva lei, povera sciocca, anche solo pensare a una cosa del genere?

Ci vollero due mesi, perché il dolore scomparisse; lei e Leonardo si incontravano raramente. Lui si stava dedicando al lavoro in azienda anima e corpo, usciva presto al mattino e alla sera, rincasava quando Lorella spesso era già andata a dormire.

Un sabato mattina, Lorella uscì per fare delle compere personali, e Leonardo non si accorse che stesse uscendo e lui non la vide. Mentre la giovane donna stava facendo colazione al bar, un uomo sulla trentina che la stava osservando da quando aveva messo piede nel locale, nascondendosi dietro il giornale che fingeva di leggere, avvicinandosi le chiese <<Posso conoscerla?>>

Ben vestito e dai modi molto educati, era un bel ragazzo e Lorella che si sentiva da troppo tempo sola allungò la mano <<Piacere, sono Lorella>>

<<Il piacere è tutto mio Lorella, io mi chiamo Luigi; le andrebbe di fare una passeggiata?>> lei aveva appena finito di consumare il caffè.

<<Certo>> che male c'era. Aveva la mattinata libera e in più Leonardo ultimamente, si comportava come se lei non esistesse.

Luigi pagò il conto e passeggiarono per un paio d'ore, parlarono del più e del meno, ma lei non si sbilanciava mai nel raccontare la sua vita <<Mi sono trovato bene in sua compagnia Lorella, che ne dice di accompagnarmi a una festa stasera?>>

Lorella non si aspettava certo una proposta del genere, del resto, si erano appena conosciuti, ma riflettendo un attimo pensò che aveva proprio bisogno di svagarsi <<Non lo so, dove si terrà?>>

<<Non distante da qui, dopo l'accompagnerò io a casa>> propose l'uomo.

<<Va bene, non ci sono problemi>> quindi il giovane, soddisfatto, le diede l'indirizzo.

<<Ci vediamo alle nove allora, l'aspetterò con piacere>> e le diede un bacio sulla guancia.

Lorella non fece caso a quel gesto, così normale e privo di malizia, tra i suoi amici a Crotone.

Rincasò per pranzo, Leonardo le aprì la porta <<dove sei stata, ti ho cercata ovunque>>

<<Ho fatto una passeggiata in centro, perché?>>

<<Così. Non ci vediamo più e stasera volevo uscire con te>>

<<Non posso Leonardo, ho già un appuntamento>> glielo disse a malincuore, si era aspettata una proposta del genere da mesi e ora che gliela aveva fatta, lei aveva un altro appuntamento.

<<Con chi?>> chiese meravigliato.

<<Un amico, usciamo insieme>>

Leonardo non disse nulla, pensando che se avesse continuato a soffocarla con la sua possessività, non sarebbe mai riuscito ad avvicinarla, rischiando invece di perderla per sempre. Verso le nove di sera, Lorella uscì di casa; indossava una gonna nera appena sopra al ginocchio e una camicetta dello stesso colore. Infilò il cappottino e a metà cortile, si sentì chiamare da Leonardo <<Ehi, non mi saluti nemmeno?>>

<<Ciao, non ti ho visto e ho pensato che stessi riposando>> gli andò vicino e gli diede un bacio sulla guancia <<ci vediamo dopo>>

<<Lasciati guardare>> le prese una mano e la fece girare su se stessa <<sei bellissima!>>

<<Dai Leonardo, non essere sciocco>> era così cambiato, per poco non le venne in mente di rinunciare al suo appuntamento per stare con lui.

Infine salì nel taxi che aveva precedentemente chiamato e si fece accompagnare all'indirizzo che le aveva dato Luigi. All'esterno della villa, c'era un uomo vestito elegantemente tutto in nero, sembrava una guardia del corpo, che quando la vide avvicinarsi all'entrata le chiese <<Gentilmente signorina, mi porge l'invito?>> ma lei, non lo aveva.

<<Oh, mi scusi, forse ho sbagliato>> ma ecco che da dentro, la raggiunse Luigi.

<<È con me, non ha bisogno dell'invito>> poi si rivolse a lei <<sei incantevole>>

<<Grazie Luigi>> Lorella ammise che anche lui era elegantissimo.

Una festa meravigliosa. C'erano coppie che si apprestavano a esibirsi al centro della sala da ballo per qualche giro di valzer. Luci fantastiche che arrivavano anche negli angoli più nascosti del salone, dov'era concentrata la festa. Un'eleganza di abiti che vedendoli, iniziò a preoccuparsi sul proprio abbigliamento.

Si fecero le undici e Lorella stava annoiandosi, non conosceva nessuno e Luigi si assentava spesso; poi finalmente la raggiunse <<Scusami Lorella, usciamo in terrazza, così staremo un po' insieme>>

<<Non preoccuparti, avrai avuto i tuoi buoni motivi per sparire>> solo per educazione non se n'era andata. In realtà si stava annoiando tantissimo.

<<Vai, io prendo da bere e ti raggiungo>> lei si recò in terrazza e si accese una sigaretta.

Luigi incontrò Leonardo <<Ciao fratellone>> erano fratelli, Leonardo il primogenito, e tra loro vi erano solo undici mesi di differenza.

<<Ehi Luigi, cosa mi racconti>> non si incontravano spesso, perché impegnati in due attività diverse, sebbene entrambe aziende di famiglia.

<<Ho incontrato una ragazza stupenda, da far girare la testa. Bella ma semplice>> sintetizzò Luigi, cercando di far presto, per poi raggiungerla.

<<Sono felice per te, chi è?>>.

<<È fuori in terrazza che mi aspetta, devo scappare. Dopo magari, te la presento>> Leonardo non aveva mai visto il fratello così contento ed emozionato, anzi non gli sembrava proprio il tipo.

<<Mi farà molto piacere>>

Luigi la raggiunse <<Eccomi Lorella>>

<<Ah, non ti aspettavo così presto>> scherzò lei, e Luigi le porse un bicchiere di champagne.

<<Dopo vorrei presentarti mio fratello, se ti fa piacere>>

<<Certo>> ma trascorsi una ventina di minuti in cui chiacchierano del più e del meno, Lorella sentì la testa girarle senza controllo. Non disse nulla, pensando che probabilmente aveva bevuto un po' troppo. Luigi si allontanò di nuovo, chiamato da un suo conoscente e lei si recò in bagno, dove rimise. Per non farsi vedere in quello stato da Luigi, chiamò un taxi. Uscì

dalla residenza senza farsi notare e si fece accompagnare a casa.

Quando Leonardo rientrò, mentre si recava nella sua stanza, avvertì Lorella in bagno che stava vomitando, quindi corse subito da lei <<Cosa è successo, Lorella?>> lui le tenne la fronte per agevolarla, poi quando i conati cessarono, si sedette sul bordo della vasca.

<<Non lo so>> disse, passandosi l'asciugamano sulla bocca.

<<Hai bevuto?>>

<<Tre bicchieri di champagne, al massimo>>

<<Ma io non ti mai visto bere alcool>> si stupì in realtà.

<<Infatti, non ho mai bevuto in vita mia>>

<<Ok, è tutto apposto, passerà. Vieni, ti accompagno a letto>>

Il mattino dopo, Lorella si svegliò alle dieci, con un atroce mal di testa, scese in cucina dove Leonardo premurosamente la salutò <<Allora, come si sente la mia farfalla?>> mentre lei camminava tenendosi le tempie, poi si lasciò cadere sulla sedia della cucina a peso morto.

<<Non urlare, ti prego. Ho un martello pneumatico nella testa>> lui si mise a ridere.

<<È il residuo della sbornia>>

<<Non prendermi in giro, Leonardo>>

<<Dai, sei così carina>> Lorella sbuffò e lui le passò un antidolorifico.

<<Tieni, ti passerà>> lei ingoiò la compressa con mezzo bicchiere d'acqua <<ti sei divertita almeno, ieri sera?>>

<<Al contrario, mi sono annoiata a morte>>

<<Beh allora forse venire con me sarebbe stato meglio>>

<<Forse… non sarei proprio dovuta uscire>>

Era mercoledì e Lorella uscì per andare in posta. Si fermò in un bar a prendere un caffè, quando entrò Luigi. Lei si alzò e gli andò incontro <<Ehi, ma che fine hai fatto, credevo che non volessi più saperne di me>> la salutò scoccandole due baci sulle guance.

<<Scusami, ho bevuto un po' l'altra sera, non ero in buone condizioni, perciò ho preferito farmi riaccompagnare a casa in taxi, senza farmi vedere>> seppur mortificata, era sempre meglio dire la verità.

<<Potevi chiamarmi, io non avevo il tuo numero, ma tu il mio sì, sempre che tu non l'abbia buttato>> scherzò.

<<Lo so Luigi, ma sono stata molto impegnata>> stava dicendo la verità, l'azienda di Leonardo in quel periodo era nel pieno della sua attività.

<<Va bene, e comunque devi scusarmi tu, quella festa è stata una pizza. Per farmi perdonare, ti porto a pranzo fuori, vuoi?>> le propose gentile Luigi.

<<No Luigi, non posso. Devo lavorare, sono uscita solo per fare delle commissioni alle Poste>>

<<Dai, sono le undici penso che in posta troverai confusione e che per quando avrai fatto, sarà l'ora di pranzare, e lo faremo al volo. Poi in ogni caso gli uffici aprono tutti alle quindici, quindi puoi trattenerti>>

<<Io non lavoro in ufficio, lavoro da casa e in questo momento ho tanti fascicoli da sbrigare>>

<<Scusami, avevi detto che facevi la segretaria e ho pensato subito che lavorassi in un ufficio>>

Lei si lasciò convincere <<Senti Luigi, accetto. Dovremmo essere veloci però, perché come

avrai capito ho pochissimo tempo a disposizione>>

Alle dodici si sedettero al ristorante, ordinarono bistecca e insalata e in meno che non si dica, erano già in macchina. Luigi la riaccompagnò alla fermata del bus e si avvicinò per baciarla <<No, Luigi>> rispose Lorella e si scostò.

<<Perché, credevo di piacerti>> era mortificato.

<<Sto troppo bene insieme a te, ma amo un altro>> era meglio dirglielo subito, così non avrebbe pensato di andare oltre.

<<Scusami, non sapevo. Sei fidanzata?>>

<<È questo il problema, lui nemmeno lo sa>> sentiva che di Luigi si poteva fidare, ma non riuscì ad andare oltre nel confidarsi.

<<E chi sarebbe, se posso>> era curioso. Più che altro, voleva sapere se aveva possibilità di competere con lui.

<<Mah, lasciamo perdere. È un amore impossibile>>

<<Perché, esiste qualcuno che potrebbe non amarti?>> si mostrava davvero carino, se solo avesse potuto provare qualcosa per lui... che andasse oltre all'amicizia che sentiva di nutrire.

<<Sei troppo buono. Luigi, lui è il mio capo. Non potrà mai accadere>>

<<Perché non glielo dici>> non demordeva...

<<Sei matto! Siamo totalmente diversi; lui è pieno di soldi e io una squattrinata. Naa, non s'innamorerebbe mai di una come me>>

<<Non buttarti giù così, sei una bellissima ragazza, intelligente e anche socievole. Inoltre ho capito che quando ti leghi a qualcuno, sei molto leale nei suoi confronti. Io sinceramente, non mi lascerei mai scappare una ragazza come te>> Luigi sembrava veramente convinto delle sue parole.

<<Non pensarci va. Poi credo che si sia fidanzato, da due mesi ormai, non lo vedo quasi più>> squillò il suo telefono <<è lui>> rispose passando lo sguardo da Luigi al cellulare <<Sì>> poi aspettò un attimo <<sono andata in posta... sì... certo, rientro subito>>

Terminata la chiamata Lorella si rivolse a Luigi <<Ohi devo andare, è stato davvero un piacere>>

<<Restiamo amici però?>>

<<Sì, ma ora devo scappare, altrimenti chi lo sente>> si salutarono, e Lorella fu a casa per le due.

L'atteggiamento di Leonardo era cambiato, adesso appariva infuriato o frustato, per meglio dire <<Con tutto il lavoro che c'è da fare, te ne vai in giro Lorella, io non capisco!>>

Deve essere successo qualcosa con la sua nuova fiamma, pensò e quindi era meglio assecondarlo <<Scusami Leonardo, sono andata a spedire delle raccomandate>>

<<Fino alle due?>> il suo tono era brusco e rude.

<<No, ho incontrato un amico e abbiamo pranzato insieme>>

<<Ecco, potevi anche portartelo a letto, giacché ti trovavi lì>> Leonardo s'infuriò e alzò il tono della voce, sbattendo il portoncino che aveva aperto lui stesso, per farla entrare.

<<Chi ti ha detto che non lo faccia. Comunque, non sono questioni che ti riguardano>>

<<Sì che mi riguardano; se tutto ciò avviene durante l'orario di lavoro>> Lorella si calmò, pensando che in effetti, aveva ragione.

<<Scusami Leonardo, non si ripeterà più>>

Leonardo sordo alle sue scuse, le porse due scatoloni stracolmi di documenti, mentre il suo telefono prese a squillare <<Sì... ciao fratellino... sì, vengo subito da te>> poi si girò verso Lorella <<Per domani sera, devono essere pronti>>

<<Agli ordini, capo>> fu la sua risposta e lui la guardò di traverso.

Leonardo s'incontrò con il fratello in un bar, ordinando del caffè <<Luigi, cosa c'è? Ti vedo un pochino giù>>

<<Sono disperato, ti ricordi la ragazza della festa?>>

<<Sì, cosa è successo?>>

<<Mi ha dichiarato di amare un altro>> confessò Luigi affranto.

<<Bene, se non altro è stata sincera. Sei riuscita a portartela a letto, almeno?>>

<<Macché, non lo farei mai, è un angelo. Le ho proposto di restare amici; è innamorata del suo capo e non vuole dirglielo, perché non si sente alla sua altezza , economicamente intende>>

<<Al mondo d'oggi, si pensa ancora ai soldi? Comunque, posso dirti che in fatto di donne, abbiamo la stessa fortuna>> ammise Leonardo .

<<In che senso?>> tacquero qualche istante, perché la cameriera stava loro servendo il caffè; Luigi iniziò a berlo e il fratello scostò un attimo la tazzina, per poter parlare.

<<Io sono innamorato della mia segretaria>>

<<E allora? Buttati, ma che avete tutti oggi? Mi sembrate fuori di testa!>> Luigi non si capacitava di tali atteggiamenti.

<<Ho paura di un suo rifiuto, in più ora si sta vedendo con un amico>>

Bevuto il caffè i due fratelli si salutarono, entrambi per tornare alle loro attività. Luigi però decise in quel momento di telefonare a Lorella, che la mattina stessa gli aveva lasciato il suo numero <<Pronto?>> rispose quasi subito.

<<Ciao Lorella, sono Luigi>>

<<Ciao Luigi, dimmi>> Lorella manteneva il telefono tra spalla e testa, continuando a battere al computer.

<<Vogliamo uscire stasera?>> Luigi sapeva che era un azzardo, ma aveva deciso di buttarsi.

<<Ho molto lavoro, se riesco a liberarmi per domani, ti chiamo io>>

<<Va benissimo, ci conto>> e con questo non gli rimase che salutarla e concludere la telefonata.

Si fecero le dieci di sera e quando rientrò Leonardo, Lorella stava ancora lavorando. La trovò con la testa appoggiata sui palmi delle mani, mentre si strofinava gli occhi stanchi <<Sei ancora qui, almeno hai staccato per mangiare?>> Leonardo si sentii in colpa, perché in realtà quei documenti su cui Lorella stava lavorando da tutto il giorno, sarebbero serviti solo per la settimana successiva, lui le aveva mentito solo per impedirle di uscire.

<<Sì, ho ordinato una pizza, è arrivata cinque minuti fa. Ne vuoi anche tu, è ancora calda>>

<<Mm, magari. Non ho cenato>> Leonardo appariva vulnerabile, cambiava umore da un'ora all'altra, quello stesso pomeriggio si era mostrato intrattabile e ora, sembrava un angioletto.

<<Ho notato che sei dimagrito ultimamente, stai saltando i pasti?>> chiese preoccupata anche se questo non minava la sua indiscussa bellezza.

<<Quando capita, per lavoro>>

Lorella si alzò, stiracchiandosi la schiena, quindi propose a Leonardo <<Dai, sediamoci a tavola. Ceniamo insieme, è da tanto che non rientri più per cena>>

<<Questo è un periodo molto impegnativo per la mia attività>> era vero, ma non così tanto da non riuscire a gestirlo, la verità era che non riusciva a stare accanto a Lorella senza toccarla, abbracciarla e baciarla, stava impazzendo.

Mangiarono in silenzio quindi Lorella si alzò e decise di lavare dei piatti rimasti nell'acquaio, quando Leonardo le fu subito dietro e l'abbracciò dicendole <<Lorella, io non posso stare vicino a te senza toccarti>> lei si girò, asciugandosi le mani con uno strofinaccio.

<<Ok, allora allontanati>> in realtà il suo cuore avrebbe desiderato che non si allontanasse, che Leonardo continuasse a tenerla tra le braccia, sarebbe voluta rimanere così per tutta la vita.

<<Io ti desidero Lorella, balleresti di nuovo per me?>>

<<No>> a quella richiesta Lorella si irrigidì, fraintendendo, pensò che Leonardo con la gentilezza dimostrata quella sera, volesse solo circuirla, per poi ottenere qualcosa da lei.

Quando il diavolo t'accarezza, vuole la tua anima, pensò a malincuore.

Ma Leonardo la desiderava a tal punto che sarebbe arrivato anche a ricattarla <<Lory, balla per me, non ti chiedo altro>>

<<No, Leonardo>> decisa Lorella non cedeva.

<<Non vorresti che i tuoi venissero a sapere, vero? Intendo del tuo lavoretto al 'Sexy Room', e di che ballerina brava e promettente eri!>>

<<Leonardo, non puoi farmi questo>> lo stava supplicando.

<<Sì che posso invece>> la sua vittoria era vicina, pensò.

<<Stai giocando sporco>> Lorella era attonita, e sempre più delusa.

<<Non m'interessa. Voglio che balli per me, adesso!>> perentorio non si scompose.

<<Devo finire di lavorare>>

<<riprenderai il lavoro domani>> ormai Leonardo aveva intrapreso una strada dalla quale tornare indietro non era possibile.

Lorella era arrabbiata, si sentiva umiliata pur continuando a chiedersi *perché si comporta così?*. Detestava sentirti un oggetto, l'oggetto del desiderio di Leonardo, lo amava e questo non poteva più sopportarlo. Lorella corse in camera a cambiarsi *vuoi eccitarti, bene.* Indossò solo perizoma e reggiseno di pizzo nero e tacchi a spillo. Scese giù e accese la musica, restò solo una lampada a illuminare tutto il salone. I tacchi le slanciavano ancora di più le gambe, la curva del sedere era soda e il seno, così pieno e stretto in quel reggiseno, che lo modellava alla perfezione. Iniziò a ballare sinuosa e provocatoria di fronte a un Leonardo ormai in preda all'eccitazione; si avvicinò e lo baciò, lui rispose con passione. Gli infilò le mani nel pantalone e iniziò a stuzzicarlo, anche se si rese conto che non ce ne sarebbe stato bisogno, Leonardo era più che sveglio e pronto. Sempre più umiliata Lorella pensò: *Vuoi essere provocato, otterrai ciò che desideri*, così continuò a dimenarsi per dieci minuti e infine, senza preavviso, si slacciò il reggiseno tirandolo poi nelle gambe di Leonardo, si girò sui suoi passi e fece per salire in camera.

Lui alzandosi la fermò, gettandola sul divano
<<Ti voglio>>

<<No>> lei si staccò e si alzò nuovamente <<doveva essere solo un ballo, questi erano i patti e lo hai ottenuto>>

<<Lorella, io ho voglia di te, sto impazzendo>>

Bene, vai a farti una doccia fredda, adesso avrebbe voluto rispondergli, ma non lo fece, si limitò a salire le scale a entrare in camera, chiudendo entrambe le porte a chiave.

Il giorno seguente scese solo quando udì la macchina di Leonardo partire. Per le tre riuscì a portare a termine tutto il lavoro, quindi chiamò Luigi <<Ciao>> lo salutò.

<<Che bello Lorella, sei riuscita a liberarti!>> ogni volta che la sentiva era entusiasta.

<<Sì, ci vediamo stasera alle otto in pizzeria? Ho bisogno di uscire>>

<<Ok, perfetto ti aspetto lì>> Luigi si sentiva veramente felice.

Alle sette e mezzo Lorella scese in cucina, aveva raccolto i capelli in una morbida acconciatura, lasciando che alcune ciocche ricciole le ricadessero sull'ampia scollatura della sua maglia. Il trucco molto accurato, facevano pendant con un abbigliamento succinto ma non volgare, una minigonna e un cardigan leggero e attillato. Sopra indossò una giacca di pelle e uscì; fuori al cancello della villa, incontrò Leonardo che stava rientrando, e che l'apostrofò subito <<Ti sei anche truccata stasera, dove vai?>>

<<Non è orario di lavoro e i documenti sono a posto, dentro gli scatoloni, quindi ciao>> tirò corto, senza dargli alcuna risposta.

Leonardo scese dall'auto <<dove vai?>>

<<Non ti riguarda, o vuoi ricattarmi anche su questo>> Lorella era ancora arrabbiata e molto umiliata per ciò che era accaduto la sera precedente.

Leonardo la lasciò andare, ma la seguì, ormai quella ragazza per lui era diventata un'ossessione. Lorella non se ne accorse, il taxi la scese proprio di fronte alla pizzeria. Leonardo attese parcheggiato a distanza all'esterno del ristorante, aspettando che uscisse Lorella, ma soprattutto per vedere con chi fosse accompagnata; quando vide uscire Lorella dal locale e salire a bordo di una macchina si erano fatte ormai le dieci. Complice il buio e la distanza, non riuscì a distinguere l'uomo che l'accompagnava, né a riconoscere la vettura, perché Luigi per l'appunto aveva la sua dal carrozziere e si era presentato all'appuntamento con un'auto aziendale, che Leonardo in quel momento non mise a fuoco. Seguì la vettura fino alla fermata dell'autobus dove si era sostata e loro erano dentro da oltre dieci minuti, a fare chissà cosa. Stava impazzendo di gelosia e rabbia, avrebbe voluto scendere e tirare fuori Lorella da quell'auto, ma non lo fece. Infine anche se da lontano, la vide allungarsi verso il conducente della vettura e dargli un bacio; in effetti, in quel momento lei lo stava salutando con un bacio amichevole, sulla guancia. Lorella scese dall'auto, si fermò ad attendere l'autobus, mentre con la mano salutava Luigi che stava ripartendo. Leonardo attese un attimo, poi si accostò al marciapiede dove si trovava Lorella, e abbassando il finestrino della sua Mercedes le disse <<Vuoi un passaggio?>>

Lei si avvicinò piuttosto contrariata e sorpresa <<Cosa ci fai qui?>>

<<Sali>> senza rispondere alla sua domanda, Leonardo fu molto perentorio.

E una volta che Lorella si fu accomodata continuò <<Con chi sei uscita?>>

<<Con un amico>> quelle furono le uniche parole che si scambiarono, poi il silenzio assoluto li accompagnò per tutto il tragitto.

Una volta dentro casa, Leonardo non riuscì più a trattenersi, cosa aveva lui che non andava, perché Lorella si concedeva ad altri, ma non a lui? Esplose come una bomba a orologeria con il timer scaduto <<Te lo porti a letto?>>

<<Ecco che ci risiamo. Ma tu sei tutto suonato, Leonardo>>

<<Rispondimi>> urlò.

<<Sono affari miei>>

<<Ti ho fatto una domanda, Lorella>> Leonardo non avrebbe mollato, non quella sera, non più.

<<Sì>> mentì lei <<faccio sesso con lui, ogni volta che c'incontriamo. È questo che vuoi sentirti dire?>> ormai anche Lorella aveva perso la calma.

Lui la prese e la sbatté contro il tavolo della cucina e Lorella tentando di difendersi
<<Smettila>> urlò <<non è vero, stavo scherzando>>

<<Ora ti faccio vedere io chi scherza. Solo con me, fai tanto la preziosa>>

<<No, Leonardo, non farlo>> troppo possente per lei, in più era furioso. Sembrava che avesse il diavolo in corpo; sembrava che nemmeno sentisse le parole e le grida che lei stessa le rivolgeva <<Leonardo ti prego, Leo fermati, sono vergine>>.

Leonardo si bloccò <<che cosa?>>

<<Hai capito bene>> ma in quel preciso istante tutte le barriere che Lorella aveva issato per tenere lontano Leonardo crollarono. Lo desiderava, voleva quell'uomo e in fondo pensò che se dopo il termine del loro accordo non lo avesse più visto, avrebbe vissuto con il rimpianto di ciò che aveva perduto. Leonardo dopo la confessione di Lorella tentò di scostarsi ma lei lo attirò a sé e iniziò a baciargli il collo <<Leonardo, io ti voglio>> gli sussurrò all'orecchio.

Lui non se lo fece ripetere due volte con gli cocchi iniettati di desiderio le alzò la gonna e con la mano le sfiorò il raso delle autoreggenti. Si calò i pantaloni, quindi i boxer e sordo alle richieste di Lorella che lo implorava di fare piano, di non farle male, con una mano le tappò la bocca, e con la sua prese a morderle i seni.

Infine senza indugio né delicatezza, quasi con rabbia, la penetrò, impossessandosi di lei.

Continuò a entrare e uscire da Lorella con violenza e passione sfrenata, e si fermò solo dopo che raggiunse un piacere troppo a lungo represso. Quando uscì da Lorella vide che tra le sue cosce si stava facendo largo un rivolo di sangue e, prima che lei perdesse i sensi la sentì pronunciare, con un'espressione disgustata
<<sei un bastardo>>

<<Che cazzo ho fatto?>> urlò Leonardo, prima di afferrarla e portarla in braccio in camera. La depose distesa nel letto, prese una bacinella con l'acqua calda e la pulì tutta, poi la coprì con un lenzuolo... Accarezzandole il viso la chiamava, ripetutamente, e Lorella finalmente aprì gli occhi e lo guardò.

<<Vattene via, voglio stare da sola>> Lorella si lasciò andare a un pianto disperato, di certo non aveva immaginato così la sua prima volta. Leonardo tentò di abbracciarla, ma lei si scostò e gli urlò <<vattene>> disperata e in preda a una crisi di nervi.

Leonardo uscì dalla camera e tutto concitato telefonò al fratello <<Luigi vieni a casa mia, è

urgente ti prego>> non l'aveva mai chiamato, né mai gli aveva chiesto aiuto chiedendogli di correre a casa. Luigi sconcertato si precipitò.

Arrivò dopo una mezz'oretta, la porta era aperta, e trovò Leonardo intento a pulire il tavolo della cucina e a sistemare le sedie; Luigi notò l'abbattimento sul viso del fratello <<Cosa è successo, Leonardo?>> era scioccato, gli andò vicino e lo scosse per le spalle <<Leo, cosa hai combinato?>>

Leonardo si riprese <<Ho praticamente violentato la mia segretaria>> confessò.

<<Cosa? E dov'è adesso?>>

<<Di sopra, nella sua camera>> stavano parlando silenziosamente e si spostarono in salotto; Leonardo gli spiegò com'era andata.

<<Ma non sapevi che era vergine?>>

<<Sì>> parlava a fatica, tanto era sconvolto
<<me l'ha detto prima di... insomma prima che io...>>

<<Sarà stata una bruttissima esperienza per lei, di fatto le hai rovinato il suo momento più bello, la sua prima volta, senza contare l'impatto

psicologico che questa cosa avrà su di lei, terribile >> Luigi era perplesso.

<<Lo so, avrei preferito diversamente, ma non so che mi è preso. Ero furente di gelosia, totalmente fuori di me, io la amo veramente Luigi>>

Intanto Lorella scese in cucina per bere un bicchier d'acqua, si era calmata e non sentì nessuno. Si sedette e dopo cinque minuti, udì delle voci provenire dal salotto e pensando che Leonardo stesse guardando la televisione, si diresse da lui. Voleva dirgli che non era stata tutta colpa sua; che non si sentiva arrabbiata o violentata e che stava bene. Avrebbe sopportato l'accaduto e lo avrebbe perdonato perché lo amava e in più era conscia di aver fatto di tutto per provocarlo, tormentandolo ogni qualvolta fosse possibile. Bussò e aprì la porta, quando entrò si trovò Luigi di fronte <<E tu, cosa ci fai qui?>> domando esterrefatta.

<<Ciao Lorella, potrei farti la stessa domanda>> stupito di trovarla lì di fronte, era l'ultima persona che avrebbe mai immaginato di vedere in casa del fratello.

<<Io lavoro per il signor Petrilli>> bisbigliò a mala pena.

<<Dunque, sei tu la sua segretaria?>> ovviamente per Luigi fare due più due fu semplicissimo.

<<Sì>>

Luigi prese la rincorsa e sferrò un cazzotto al fratello; Leonardo non ci stava capendo niente e non reagì. Lorella corse per dividerli <<Fermi>> urlò <<ma cosa state facendo? Perché vi conoscete?>> Luigi si fermò e Leonardo si alzò da terra.

<<Lorella, Luigi è mio fratello>>

Quando lei ascoltò quelle parole dall'agitazione le scivolò il bicchiere che aveva in mano e di corsa salì le scale, rifugiandosi in camera. Leonardo guardò il fratello meravigliato <<Luigi, ma vi conoscete?>>

<<Sei uno stronzo>> gli urlò contro <<cosa le hai fatto?>>

<<Ma...>> Luigi lo bloccò.

<<Lei è la ragazza che usciva con me, quella innamorata del suo capo. Leonardo, lei ti ama e

tu hai rovinato tutto; hai distrutto il suo amore per te>>

<<Mai io non sapevo nulla, non potevo sapere. Lei mi ha confessato di essere andava a letto con la persona con cui stava uscendo e io... non ci ho visto più!>> Leonardo faticava anche a respirare adesso.

<<L'avrà detto solo per farti ingelosire, per rabbia, io non l'ho mai toccata>> Luigi non indugiò a raccontargli come stavano esattamente le cose.

<<Me ne sono accorto, a sue spese purtroppo>> poi si diresse verso la porta <<vado a parlarle>>

<<Vengo anch'io>> lo seguì Luigi

Salirono al piano superiore e bussarono da Lorella <<Sì>>

<<Lorella, siamo noi. Possiamo entrare?>>

<<Lasciatemi sola>> *un Petrilli solo non bastava?* disse fra sé

<<Lorella, ti prego>> la implorò Luigi.

Lei aprì la porta <<cosa volete?>> aveva gli occhi gonfi. Luigi l'abbracciò per confortarla e lei iniziò nuovamente a piangere. Leonardo li guardò, stava per andarsene, ma Lorella lo chiamò

<<Leonardo>> lui si fermò e Lorella gli andò vicino <<non essere duro con te stesso, la colpa è stata anche mia; non avrei dovuto provocarti>>

<<No Lorella, non me lo perdonerò mai>>

<<Io già l'ho fatto, Leonardo>>

<<Lorella, domani stesso potrai andartene, da questo momento il tuo debito è saldato, non mi devi più nulla, sei libera>> distrutto per ciò che le aveva fatto, non diede a Lorella nemmeno il tempo di parlare, rifiutandosi di starla ad ascoltare, decidendo che lasciarla libera ormai, era il suo unico dovere.

Luigi ignaro di cosa stessero parlando chiese spiegazioni a Lorella <<Lorella, cosa significa?>> che ormai sconfitta, vuotò il sacco.

<<Il problema è un altro, adesso>>

<<Cosa vuoi dire?>>

<<Luigi, io per venire a coprire il debito di mio padre, mi sono fatta cacciare fuori casa da mia madre>> gli spiegò anche della malattia della madre, del furto del padre e quindi di aver nascosto tutto alla madre per non farla preoccupare <<non so come fare adesso>>

<<Vieni a lavorare per me. Sono senza segretaria da una settimana>> non era la verità, ma Luigi sapeva che poteva permettersi tranquillamente di pagare un'altra persona <<prenderai un buon salario e potrai stare a casa mia. Anch'io vivo da solo>> la vide perplessa <<di me ti puoi fidare, non preoccuparti. Sarai trattata come una sorella>>

<<A due condizioni però>> si convinse infine Lorella, del resto cosa poteva fare?

<<Spara>>

<<Che Leonardo, non verrà a sapere nulla>>

<<Ci sto, l'altra quale sarebbe?>>

<<Che mi permetterai di pagarti la mia quota di affitto>>

<<Di questo ne parleremo in un secondo momento>>

Lei lo guardò fisso negli occhi, gli stessi del fratello. Come aveva fatto a non rendersene conto prima, la loro somiglianza era palpabile <<promesso?>> chiese.

<<Sì. Ti passo a prendere domani mattina alle otto, inizierai a lavorare la settimana prossima, il tempo di stabilirti e che ti sarai ripresa>>

<<Va bene>> lo baciò affettuosamente sulla guancia <<buona notte e grazie Luigi non so come avrei fatto senza di te>> Lorella si sentiva, almeno un po' sollevata, sebbene il suo cuore gridasse di dolore.

<<Buona notte tesoro, dormi bene>>

Luigi scese in cucina e trovò il fratello ad aspettarlo <<Si è calmata?>>

<<Sì. La passo a prendere domani mattina alle otto, l'accompagnerò a Crotone>>

<<Cosa ha detto?>> Leonardo appariva disperato.

<<Non so perché, ma non riesce a odiarti. Ti ha sempre amato e continuerà a farlo; non potrò mai competere con te>>

Luigi lo salutò e si incamminò verso casa. Il mattino seguente, come da accordi, tornò alla villa a prendere Lorella e incontrando Leonardo in giardino gli chiese, quasi senza salutarlo <<è dentro?>>

<<Sicuramente, io non l'ho vista ancora; dille che già sono uscito>>

Luigi aprì la porta e la chiamò <<Lorella, sono qui!>>

Lei gli andò incontro, le valigie erano già pronte vicino alla porta <<Ciao Luigi, credevo fossi Leonardo, avete addirittura la stessa voce. L'hai visto per caso, non riesco a trovarlo>> domandò ansiosa.

<<L'ho incontrato fuori, stava uscendo>>

<<Ah, volevo solo salutarlo. Non fa nulla, odio gli addii, andiamo>>

Lorella iniziò a lavorare nell'azienda di Luigi, passò un mese e lei si era ambientata bene; lui l'accompagnava al lavoro. Uscivano di casa insieme ogni mattina e la sera, anche se durante il giorno si trovava fuori per impegni di lavoro, passava comunque sempre a prenderla per riportarla a casa. Uscivano spesso insieme e lei gli domandava sempre notizie su Leonardo.

Un martedì mattina però Lorella si sentì male, scese al bar e incontrò Luigi che stava parlando con un cliente. Lui però appena la vide, salutò velocemente la persona con la quale stava colloquiando e le corse incontro <<Lorella, hai staccato un po' finalmente, vuoi prendere un caffè>>

<<No grazie Luigi, mi gira un po' la testa, sono solo venuta a prendere una bustina di zucchero, in ufficio sono finite>>

<<Chiamo subito il fornitore e le faccio portare nel pomeriggio; ma tu hai bisogno di riposo, sei tremendamente pallida>> era sempre premuroso e gentile. Lorella ringraziò e salì per tornane nel suo ufficio, ma sentendosi sempre peggio, si decise a telefonare a Luigi.

<<Lory dimmi, è successo qualcosa?>>

<<Niente di grave, io ho finito tutte le pratiche; volevo andarmene prima a casa, posso?>>

<<Ma certo, non devi nemmeno chiedermelo. Ti passo a prendere>>

<<Non preoccuparti, chiamo un taxi>>.

<<Va bene, non preparare niente, porto io due pizze. Ci vediamo stasera>> Lorella rientrò a casa verso l'una e andò a stendersi sul letto. All'improvviso le vennero dei crampi all'addome, il dolore aumentò, fintanto che divenne insopportabile. Impaurita telefonò nuovamente a Luigi <<Tesoro dimmi, sei arrivata a casa?>>

<<Luigi ti prego corri, sto malissimo>> ansimò Lorella.

L'uomo preoccupato corse a casa il più in fretta possibile, trovò la ragazza in lacrime, preda di dolori incessanti, piegata su se stessa <<Lorella, cosa è successo? Hai mangiato qualcosa che ti ha fatto male?>>

<<Non lo so, ma ho troppo dolore alla pancia. Non ce la faccio più>>

Luigi la portò in ospedale dove i medici dopo averla visitata scoprirono che era in corso una minaccia d'aborto. Curarono Lorella con degli antidolorifici e della flebo per arrestare le contrazioni, infine dopo almeno dieci ore, la dimisero. Quando rincasarono era passata la mezzanotte, Luigi era molto apprensivo nei suoi confronti <<Come ti senti adesso?>>

<<Ci mancava pure questo, oh mio Dio>> Lorella si mise a piangere disperata.

<<Non fare così, si risolverà tutto>>

<<Scusami Luigi, ti ho fatto perdere una giornata intera di lavoro>>

<<Non lo dire nemmeno per scherzo e da oggi, non lavorerai più>>

<<No. Non esiste proprio, devo solo stare attenta>> si raddrizzò, alzando la testa con il suo solito fare, come se volesse sfidare chi le stava di fronte a contrariarla.

<<Il massimo che posso concederti è di lavorare da casa, ma sempre e solo senza sforzarti>> Lorella acconsentì e lui cercò di cambiare discorso <<cosa vuoi fare adesso, vuoi che informi Leonardo? Perché il bambino è suo, vero?>>

<<Sì, è suo. Ma ti prego non farglielo sapere, mai. Perché se si fosse comportato diversamente, dimostrando di tenere a me almeno un po' sarebbe stato diverso, ma così non posso, non posso costringerlo a un impegno tanto grande >>

<<Lorella, lui ti ha sempre voluto; non te l'ha mai detto, ma solo per paura di un tuo rifiuto>> Luigi nonostante amasse Lorella, non se la sentì di mentirle.

<<Non lo sapevo Luigi, comunque adesso non posso presentarmi da lui, dicendogli *"sono incinta di te"*. Crescerò da sola questa creatura>>

<<Sposami Lorella, lo cresceremo insieme, sarà sempre un Petrilli>>

<<Non posso, ti voglio tanto bene, ma non potrò mai essere una moglie a tutti gli effetti per te>> Lorella fu sincera, nascondere il suo amore per Leonardo sarebbe stato inutile.

<<A me basterà averti al mio fianco, non pretenderò nulla da te. Ci penserà il tempo a farti cambiare idea>>

<<Non me la sento, Luigi>> non poteva essere Luigi a fare le spese di tutta questa storia, non lo avrebbe permesso.

<<Lo ami ancora, vero?>>

<<Sì>> ammise.

<<Come fai a non odiarlo, con tutto quello che ti ha fatto!>> Luigi non riusciva proprio a capirla.

<<Ti sembrerà strano, ma non ci riesco. Però, promettimi che non saprà mai di questo bambino, giuramelo!>>

<<Te lo prometto. Tu rifletterai sulla mia proposta?>>

<<Lo farò>> ma Lorella sapeva bene che niente mai sarebbe cambiato.

Passarono quattro mesi, lei era riuscita anche a diplomarsi con l'aiuto di Luigi; Leonardo ormai stava impazzando, non riusciva a vivere senza Lorella, non più ormai. Decise quindi di andare a cercarla a casa sua, a Crotone. Quando suonò alla porta ad aprirgli fu il padre, Eugenio, che sebbene fosse lunedì non si era recato al lavoro, aveva preso un giorno di ferie <<Salve signor Petrilli, cosa posso fare per lei? So che la mia piccola si trova benissimo da lei, quando mi chiama non fa che parlarmi della sua gentilezza e di quanto ami il suo lavoro >>

Leonardo si rese conto che Eugenio non sapeva nulla riguardo alla figlia, tantomeno di dove fosse adesso; ma allora dove poteva trovarsi <<Sì, si trova bene da noi, stia tranquillo>> si affrettò a riferire per non farlo preoccupare <<Sono passato per dirle personalmente che il suo debito adesso è saldato, lei non mi deve più nulla>>

<<La ringrazio davvero tanto>> rispose il signor Eugenio, decisamente sollevato.

<<Deve ringraziare sua figlia, non me>> rispose Leonardo brusco.

Eugenio non fece caso all'aspro tono di lui <<Ma allora mia figlia può tornare a casa, vero?>>

<<Certo, sta completando ultime cose, questioni di giorni e la riporterò a casa io stesso >> voleva prendere tempo, per capire prima di tutto dove Lorella si fosse cacciata.

<<Vuole entrare>> lo invitò Eugenio, resosi conto che la conversazione era avvenuta tutta sul pianerottolo di casa.

<<No grazie, ho tanto da fare e devo tornare a Cosenza>> Leonardo aveva fretta di ritrovarla, non voleva perdere altro tempo.

Era preoccupatissimo *dove sarà stata in tutti questi mesi* pensò; provò a chiamarla sul cellulare ma era staccato, poi in cerca di aiuto, decise di chiamare il fratello, con il quale ahimè era chiaro non avesse alcun rapporto <<Luigi, ho bisogno di te>>

<<Cosa c'è Leonardo, come posso aiutarti?>>

<<Ci vediamo da te, tra un paio d'ore>> Leonardo fu così rapido a interrompere la telefonata che Luigi non fece nemmeno in tempo a proporgli di vedersi fuori, non a casa, inoltre essendo in riunione con un cliente molto

importante non riuscì a liberarsi per avvisare Lorella... Cercò di rintracciarla più tardi, ma non vi riuscì. Lorella aveva lasciato il cellulare in camera, e la linea di casa era perennemente occupata dalle telefonate di lavoro, il lunedì era sempre una giornata caotica.

Lorella in un momento di pausa salì in camera propria per prendere il telefonino che essendosi scaricato, era spento. Lo mise sotto carica lo riaccese e in quel momento chiamò suo padre <<Ciao papà>> poi suonarono al cancello. Lei sempre parlando al telefono allungò una mano al videocitofono, aprì senza vedere chi ci fosse all'entrata. Leonardo nel frattempo aveva fatto il suo ingresso nel salone e subito riconobbe la voce di Lorella che ancora stava parlando al telefono con il padre <<Certo papà, non si prende bene la linea... è un amore papà, gentilissimo e rispettoso>> poi alzò gli occhi e lo vide... <<Ok papà, adesso ti devo lasciare, ho del lavoro da sbrigare, ci sentiamo dopo>> si portò anche lei nell'ingresso e subito dopo vide la macchina di Luigi parcheggiare davanti al cortile <<Tu.. tu, cosa ci fai qui?>> chiese allibita a Leonardo.

<<Tu cosa fai qui, Lorella>> era evidentemente scioccato.

<<Lavoro per tuo fratello>> e lo indicò con la mano.

Leonardo però, l'unica cosa che continuava a fissare attonito era la rotondità di Lorella che ormai al quarto mese di gravidanza era inequivocabile <<Noto che lavori molto bene per lui, non hai perso tempo>>

<<Ma, io...>>

<<No Lorella, non devi darmi spiegazioni di niente>> si girò e s'imbatté in Luigi <<Bravo fratello, mi complimento con te. Hai visto, alla fine sei riuscito a competere con me, e hai vinto>> Luigi non sapeva cosa dire, aveva promesso a Lorella di non parlargli del bambino, di non svelargli la verità <<mi raccomando, tienitela stretta>> continuò Leonardo.

<<Non è come pensi, Leo>> Luigi voleva dargli una spiegazione, ma aveva promesso a Lorella di non dire nulla.

<<Cosa dovrei pensare?>> urlò <<penso solo che non hai perso tempo a portarti a letto la santarellina, sei uno stronzo>> Leonardo non

poteva accettare questa cosa, non ce la faceva proprio.

<<Modera i termini quando parli di lei, non è abbastanza quello che le hai fatto?>>

<<Potevi almeno dirmelo, non sarei arrivato fino a Crotone, per lei>>

Lorella uscì restando sull'uscio <<Ho sentito mio padre, mi stava dicendo qualcosa, ma non ho capito bene. L'hai incontrato, Leonardo?>>

<<Sì, ma non preoccuparti, non gli ho detto nulla, puoi spassartela quanto vuoi con mio fratello. O meglio, ho riferito a tuo padre che lavori ancora per me, ma che il suo debito è saldato. Appena abbiamo iniziato a parlare di te mi sono subito reso conto che a casa tu non c'eri mai tornata >> lei abbassò la testa, mentre lui continuò imperterrito <<però non credevo che saresti venuta qui>> poi infine rivolto al fratello disse <<buon divertimento, ma dimenticati la mia faccia>>

Leonardo se ne andò e Luigi e Lorella scossi, rientrarono in casa <<Avresti dovuto dirglielo, è tutta colpa mia>>

<<No Lorella, ti ho promesso che non lo avrei fatto>>

<<Io non posso essere la causa del vostro litigio>> Lorella non si dava pace, in più aver rivisto Leonardo l'aveva scossa nel profondo.

<<Si placherà un giorno, sono suo fratello. Sposami Lorella, renderemo le cose più semplici, daremo al bambino il cognome che gli spetta di diritto, in più io ti amo>> lei non disse nulla <<rispondimi almeno>>

<<No Luigi, io amo tuo fratello, non posso nascondere questo sentimento. Tu sei gentile e premuroso nei miei confronti, ma io nutro solo bene per te, e non posso farti questo torto>> poi si mise a pensare <<io vado a parlare con Leonardo>>

<<Non farlo, non ora almeno, sarà infuriato>> la pregò Luigi.

<<Non mi toccherà, gli dirò del bambino e tutto il resto. Non potete litigare per me>>

Luigi tentò di fermarla, ma non ci riuscì, testarda com'era. Scese dopo cinque minuti, cambiata e pronta per affrontare Leonardo <<Lascia che ti accompagni almeno, non chiedo di più>>

<<Solo se prometti di non entrare>> Lorella era decisa.

<<Sì>>

L'accompagnò e lei suonò al cancello della villa, Leonardo la scorse con il videocitofono e l'apostrofò <<cosa vuoi, Lorella?>>

<<Lasciami entrare, devo parlarti>>

<<Non abbiamo più niente da dirci>>

<<Ti pregò>> lo implorò.

Leonardo aprì il cancello elettronico, la stava aspettando sulla soglia <<Entra>>

Quella casa era un casino, c'erano cartoni di pizza sul tavolo della cucina, panni sparsi ovunque e si sentiva persino un cattivo odore, di sporco e di chiuso <<Cos'è tutto questo caos?>>

<<Sei venuta fin qui, solo per rimproverarmi?>>

<<No...no, scusami>>

<<E allora muoviti, cosa volevi dirmi?>> Leonardo non voleva vederla, non così, non con il figlio di suo fratello nel suo grembo.

<<Leonardo, sarà difficile per te credermi, ma io non sono mai stata a letto con tuo fratello>> Lorella lo disse tutto di un fiato.

<<Ti ha mandata lui?>>

<<No, lui non c'entra. Ti giuro, non mi ha mai toccata, nemmeno sfiorata, Leonardo>>

<<Ti è sempre piaciuto evidentemente invece, altrimenti saresti tornata a Crotone>> non le credeva, era accecato dalla rabbia e dal dolore.

<<Non potevo tornare e lui, mi ha dato il lavoro>>

<<Il lavoro ti ricordo che lo avevi anche qui, in questa casa, con me>>

<<Se lo hai dimenticato, sei stato tu a mandarmi via>> strillò. Luigi la sentì da fuori e pian piano, iniziò ad avvicinarsi a loro.

<<Io però non ti ho costretta ad andare tra le sue braccia. Intendevo mandarti a casa tua, dai tuoi; tu invece non hai perso tempo, quando nascerà mio nipote?>> lei non parlò. Leonardo s'infuriava quando qualcuno non rispondeva alle sue domande <<Quando?>> sbraitò, dando un cazzotto sulla porta d'ingresso.

Lei sussultò impaurita da quella reazione e Luigi non aspettò molto per fare la sua comparsa <<A dicembre Leonardo, ma non è tuo nipote>>

<<Cosa vuoi dire?>>

<<Intendo dire che è tuo figlio. Dannazione Leonardo, io non l'ho toccata, dormiamo separati. Per quanto amore posso provare per lei, non sono mai riuscito a convincerla a sposarmi. Lei non voleva dirtelo, io avrei cresciuto suo figlio senza problemi, vostro figlio. Non m'interessava che fosse tuo, ma doveva essere comunque un Petrilli>>

<<Voi mentite>> ringhiò Leonardo.

<<Perché dovrei, non l'ho mai fatto Leonardo. Cazzo, sono tuo fratello>>

Leonardo vacillò, e tutto a un tratto iniziò a piangere come un bambino, disperandosi e rivolgendosi nuovamente a Lorella <<Perdonami Lorella se puoi. Perdonami ti prego, io ti prometterò che accetterò la tua scelta di sposare mio fratello e mai, giuro mai, interferirò più nelle vostre vite >> lei girò le spalle a tutti e due, se ne andò nel cortile e si accese una sigaretta.

<<Sei un cretino Leonardo ma come te lo devo dire, lei non vuole sposarmi. Lorella ama te, Leonardo>> poi Luigi la raggiunse <<non fumare, che fa male al bambino>> l'abbracciò affettuosamente <<andiamo, ti porto a casa.

Domani partiremo, hai bisogno di una bella vacanza>>

<<Luigi, tu sei troppo buono con me, vorrei poterti dare di più>> e si appoggiò affettuosamente sulla sua spalla.

<<E io vorrei che mi amassi, solo la metà di quanto ami mio fratello>> rispose Luigi sconfitto.

<<È impossibile, lui mi ha rubato il cuore>> ormai Lorella non aveva più dubbi, se mai li avesse avuti...

Il giorno seguente prepararono le valigie e si recarono all'aeroporto di Lamezia Terme. All'ingresso del quale dovettero fermarsi e girarsi, perché sentirono urlare i loro nomi a gran voce <<Lorella, Luigi>>

Si voltarono e videro Leonardo che correva verso di loro, come un pazzo <<Lorella non partire, resta. Resta con me, ti prego. Ho bisogno di te, io ti amo>> urlò a squarciagola.

Lorella guardò Luigi e lui, con un sorriso, la spronò ad andare incontro all'uomo che amava <<ti prego Lorella, resta con me. Ti prometto

che non ti farò più soffrire, ho bisogno di te, del bambino, di noi>> continuò Leonardo.

<<Accetta>> disse Luigi <<conosco molto bene mio fratello e so che mantiene sempre le promesse>>

<<E tu?>> Lorella era preoccupata per Luigi, si era preso cura di lei, come nessuno prima d'ora.

<<Io ero già destinato a perderla questa battaglia; tu appartieni a lui, da sempre>>

Lorella lo baciò sulla guancia e corse ad abbracciare Leonardo.

<<Allora resti?>>

<<Sì>>

<<Mi perdoni?>>

<<Ti ho perdonato dal primo momento>> affermò decisa Lorella.

<<Ti amo Lorella, ti ho sempre amato. Avevo solo paura di non essere corrisposto>>

<<Anch'io Leonardo, ma andiamo a casa adesso, abbiamo molte cose da sistemare...>>

<<Sì. Si sente la tua mancanza, inoltre amore mio, abbiamo da preparate un'altra camera>>

Luigi li raggiunse, abbracciò il fratello e poi guardò Lorella, prendendole il viso tra le mani le promise <<Se sbaglierà di nuovo, lo ammazzo con le mie stesse mani>>

<<Non lo farà>> Lorella ormai di questo era sicura.

Si abbracciarono tutti e tre e insieme uscirono dall'aeroporto per tornare a Cosenza, la loro Cosenza.

FINE

Titolo | Due fratelli un solo amore
Autore | Pamela Bonacci

ISBN | 9788891193063

Prima edizione digitale: 2015

© Tutti i diritti riservati all'Autore

Youcanprint Self-Publishing
Via Roma 73 - 73039 Tricase (LE)
info@youcanprint.it
www.youcanprint.it

Made in the USA
Monee, IL
07 July 2026

56552326R00066